Heredero ilegítimo
Sarah M. Anderson

HARLEQUIN

Editado por Harlequin Ibérica.
Una división de HarperCollins Ibérica, S.A.
Núñez de Balboa, 56
28001 Madrid

I.S.B.N.: 978-84-9170-136-1
Depósito legal: M-24988-2017
Impresión en CPI (Barcelona)
Fecha impresion para Argentina: 15.5.18
Distribuidor exclusivo para España: LOGISTA
Distribuidores para México: CODIPLYRSA y Despacho Flores
Distribuidores para Argentina: Interior, DGP, S.A. Alvarado 2118.
Cap. Fed./Buenos Aires y Gran Buenos Aires, VACCARO HNOS.

Capítulo Uno

—¿Estás listo para esto? —preguntó Jamal desde el asiento delantero de la limusina.

Zeb Richards sonrió.

—Nací para esto.

No era una exageración. Por fin, después de tantos años, Zeb regresaba a casa para reclamar lo que por derecho era suyo. Hasta fechas recientes, la cervecera Beaumont había estado en manos de la familia Beaumont. Había ciento veinticinco años de tradición en aquel edificio, una historia de la que Zeb se había visto privado.

Era un Beaumont de sangre. Hardwick Beaumont era el padre de Zeb.

Pero era un hijo ilegítimo. Según tenía entendido, gracias al dinero que Hardwick le había dado a su madre, Emily, al poco de nacer, nadie de la familia Beaumont conocía de su existencia.

Estaba cansado de que lo ignorasen. Más que eso, estaba harto de que le negaran su sitio en la familia Beaumont.

Así que por fin iba a tomar lo que por derecho era suyo. Después de años de cuidada planificación, además de un golpe de suerte, por fin la cervecera Beaumont era suya.

Jamal resopló, lo que hizo que Zeb lo mirara. Jamal Hitchens era la mano derecha de Zeb. Hacía las funciones de chófer y guardaespaldas, además de preparar unas deliciosas galletas de chocolate. Jamal llevaba trabajando para Zeb desde que se rompiera las rodillas jugando al fútbol en la Universidad de Georgia, aunque se conocían desde mucho tiempo antes.

–¿Estás seguro de esto? –preguntó Jamal–. Sigo pensando que debería entrar contigo.

Zeb sacudió la cabeza.

–No te ofendas, pero los asustarías. Quiero intimidar a mis nuevos empleados, no aterrorizarlos.

Jamal se encontró con los ojos de Zeb a través del retrovisor e intercambiaron una mirada cómplice. Zeb era capaz de intimidar por sí solo.

Con un suspiro de resignación, Jamal aparcó ante la sede de la compañía y rodeó el coche para abrirle la puerta a Zeb. A partir de aquel momento, Zeb era un Beaumont en todos los aspectos.

Jamal miró a su alrededor mientras Zeb se bajaba y se estiraba los puños de su traje hecho a medida.

–Última oportunidad si quieres respaldo.

–¿No estarás nervioso, verdad?

Zeb no lo estaba. Aquello era de justicia y no había motivos para estar nervioso, así de simple.

–¿Te das cuenta de que no te van a recibir como a un héroe, verdad? –preguntó Jamal observándolo–. Te has hecho con esta compañía de una manera que la mayoría de la gente no consideraría ética.

Zeb miró a su viejo amigo y enarcó una ceja. Con Jamal a su lado, Zeb había pasado de ser el hijo de una peluquera a ser el socio único de ZOLA, la compañía inversora de capital privado que había fundado. Había ganado muchos millones sin la ayuda de los Beaumont.

Incluso había demostrado ser mejor que ellos.

–Tendré en cuenta tu preocupación. Te avisaré si necesito apoyo. Por cierto, ¿has visto casas?

Necesitaban un sitio donde vivir ahora que iban a quedarse en Dénver. ZOLA, la compañía de Zeb, seguía teniendo su sede en Nueva York, una medida en previsión de que no saliera bien la toma de posesión de la cervecera Beaumont. Pero si se compraba una casa en Dénver, daría a entender que iba a quedarse a vivir allí una buena temporada.

Jamal se dio cuenta de que no iba a ganar aquella batalla. Zeb lo adivinó por la forma en que irguió los hombros.

–De acuerdo, jefe. ¿Lo mejor que encuentre?

–Siempre.

Le daba igual cómo fuera la casa o cuántos cuartos de baño tuviera. Lo único que le importaba era que fuera mejor que la de los demás. O más exactamente, mejor que la de los Beaumont.

–Pero que tenga una buena cocina –añadió.

–Buena suerte.

Zeb miró a Jamal por el rabillo del ojo.

–La buena suerte siempre llega trabajando.

Y Zeb siempre había trabajado muy duro.

Decidido, entró en la sede de la cervecera Beaumont. No había anunciado su llegada porque quería conocer a los empleados sin que se preparasen para recibir al nuevo presidente.

Aun así, era consciente de que debía de resultar extraño ver a un afroamericano entrar en un edificio como si fuera el dueño, algo que por otra parte era cierto. Seguro que los empleados ya sabían que Zebadiah Richards era su nuevo jefe, pero ¿cuántos de ellos lo reconocerían?

Fiel a su costumbre, acaparó las miradas al entrar en el edificio. Al verlo pasar, una mujer llevó la mano al teléfono, como si fuera a llamar a seguridad. Pero alguien le susurró algo desde un extremo de su cubículo y se quedó sorprendida. Zeb la miró enarcando una ceja y la mujer retiró la mano del teléfono como si quemara.

El silencio lo acompañó en su camino hacia las oficinas ejecutivas. Zeb se esforzó en contener la sonrisa. Así que sabían quién era. Le gustaba que los empleados estuvieran al día en las novedades de su empresa. Si lo reconocían, quería decir que habían leído noticias sobre él.

Zebadiah Richards y su sociedad de inversión compraban empresas en crisis, las reestructuraban y obtenían grandes beneficios con su venta. ZOLA lo había hecho rico, a la vez que se había ganado fama de cruel.

Esa reputación le venía bien en aquel momento aunque, en contra de algunos rumores, no era tan despiadado como lo pintaban. Era consciente de que los empleados de la cervecera habían cambiado dos veces de presidente en menos de un año. Por los informes que tenía, la mayoría echaba de menos a Chadwick Beaumont, el último de los Beaumont en dirigir la compañía.

Zeb no había apartado del cargo a Chadwick, pero se había aprovechado del caos que la venta de la cervecera a la multinacional AllBev había provocado. Después de que el sustituto de Chadwick, Ethan Logan, no consiguiera darle la vuelta a la compañía con la rapidez suficiente, Zeb había presionado a AllBev para que le vendiera la cervecera. Eso suponía que era el actual propietario de una empresa llena de trabajadores asustados y desesperados. Un importante número de directivos se había marchado con Chadwick Beaumont a su nueva compañía, Cervezas Percherón, y otros muchos habían optado por la jubilación anticipada.

Los que habían sobrevivido hasta entonces apenas hacían nada y seguramente no tenían nada que perder, lo cual los hacía peligrosos. Lo había visto antes en otras empresas en crisis. Los cambios eran una constante en su mundo, pero la mayoría de la gente los odiaba y luchaban contra ellos con tanta fuerza que eran capaces de hundir un negocio. Cuando eso ocurría, Zeb se encogía de hombros, dividía la empresa y la vendía en partes. No solía preocuparle lo que pasara. Siempre y cuando obtuviera un beneficio, él estaba contento.

Pero tal y como le había dicho a Jamal, estaba allí para quedarse. Él era un Beaumont y aquella era su cervecera. Le interesaba aquel sitio y su historia porque era su historia. No quería que nadie supiera que aquello era un asunto personal. Había sido discreto durante años en su empeño por hacerse con lo que por derecho era suyo. De esa manera, nadie había podido anticiparse a su ataque ni impedírselo.

Allí estaba en aquel momento, con ganas de gritar «¡miradme!». Ya se había acabado el que los Beaumont lo ignorasen y fingir que no era uno de ellos.

La noticia de su visita debía de haber llegado a la zona de dirección, porque al doblar la esquina, una mujer madura y regordeta sentada tras un escritorio ante lo que supuso sería el despacho presidencial, se levantó nerviosa.

–Señor Richards, no le esperábamos hoy.

Zeb la saludó con una inclinación de cabeza, sin darle explicaciones del porqué de su aparición repentina.

–Y usted es…

–Delores Hahn –dijo–. Soy la secretaria del… de usted –añadió frotándose las manos–. Bienvenido a la cervecera Beaumont.

A punto estuvo de sonreír. Su secretaria estaba en una situación bastante difícil, pero ponía buena cara.

–Gracias.

–¿Quiere que le enseñe las oficinas?

Su voz seguía temblando ligeramente, y Zeb decidió que Delores le caía bien.

Claro que tampoco quería que se diera cuenta de inmediato. No estaba allí para hacer amigos, sino para dirigir un negocio.

–Sí, pero después de que me instale.

A continuación se dirigió a su despacho.

Una vez dentro, cerró la puerta y se quedó apoyado en ella. Aquello ya era una realidad. Después de años conspirando, observando y esperando, la cervecera era suya.

Sintió ganas de reír a carcajadas, pero no lo hizo. Estaba seguro de que Delores estaría escuchando, atenta a su nuevo jefe. Unas carcajadas histéricas no causarían buena impresión.

En vez de eso, se apartó de la puerta y miró a su alrededor.

«Comienza como tengas intención de continuar», se dijo.

Había leído mucho acerca de aquel despacho y había visto fotos, pero no estaba preparado para la sensación de estar en aquel rincón de la historia de su familia.

El edificio había sido construido en los años cuarenta por John, el abuelo de Zeb, después de la abolición de la Ley Seca. Las paredes eran paneles de caoba, lustrosos de tanto pulido. Una barra con un gran espejo ocupaba toda la pared interior y, si no estaba equivocado, el grifo era de cerveza.

La pared exterior tenía grandes ventanas ante las que colgaban pesadas cortinas de terciopelo gris, coronadas con artesonados tallados en madera que representaban la historia de la cervecera Beaumont. Su abuelo había mandado hacer la mesa de reuniones en el mismo despacho por lo grande que era e iba a juego con el escritorio.

En el rincón más alejado había una gran mesa de centro con dos butacas de cuero y un sofá. Esa mesa de centro estaba hecha con las ruedas originales del remolque tirado por caballos percherones con el que Phillipe Beaumont había cruzado la gran llanura en 1880 de camino a Dénver.

Aquella estancia destilaba opulencia, poder e historia, su historia, y no permitiría que nadie se la negara.

Encendió el ordenador, de la gama más alta. Los Beaumont siempre apostaban por lo mejor, una cualidad que compartía toda la familia.

Se sentó en la butaca de cuero. Desde siempre, su madre, Emily Richards, le había dicho que aquello le pertenecía. Zeb era solo cuatro meses más pequeño que Chadwick. Debería haber estado allí, aprendiendo el negocio al lado de su padre, en vez de pasarse el día en la peluquería de su madre.

Pero Hardwick no se había casado con su madre, a pesar de que había acabado casándose con algunas de sus amantes. Con Emily Richards no lo había hecho por una simple razón: era negra. Eso convertía a su hijo en negro.

Lo cual significaba que Zeb no existía para los Beaumont.

Durante mucho tiempo se le había negado la mitad de su herencia, y ahora tenía lo que los Beaumont valoraban por encima de todo lo demás: la cervecera Beaumont.

Qué bien se sentía. Lo tenía todo bajo control. Hacerse dueño de la cervecera era una victoria, pero era tan solo el primer paso para hacer pagar a los Beaumont por haberle excluido.

Él no era el único bastardo que Hardwick había dejado a su paso. Había llegado la hora de empezar a hacer las cosas a su manera. Sonrió.

Apretó el botón del desfasado intercomunicador.

—¿Sí, señor? —se oyó la voz de Delores.

—Quiero que organice una conferencia de prensa para el viernes. Voy a anunciar mis planes para la cervecera.

—Sí, señor —contestó Delores después de una pausa—. Supongo que querrá que sea aquí, ¿verdad?

Era evidente que ya estaba superando el nerviosismo ante su aparición inesperada. Estaba convencido de que alguien como Delores Hahn seguramente había hecho insoportable la vida del último presidente.

—Sí, en los escalones de entrada de la fábrica. Ah, Delores, mande una circular. Quiero tener mañana sobre mi mesa el currículum actualizado de todos los empleados.

Hubo otra pausa, esta vez más larga. Zeb se la imaginó mirando fijamente el intercomunicador.

—¿Por qué? Quiero decir… Por supuesto, enseguida me pongo a ello. ¿Hay alguna razón?

—Por supuesto que la hay, Delores. Siempre hay una razón en todo lo que hago. Todos los empleados tienen que volver a solicitar su puesto —dijo, y lentamente exhaló, aumentando la tensión—. Incluida usted.

—¿Jefa?

Casey Johnson giró la cabeza hacia de donde procedía la voz de Larry, dándose un golpe en la frente con el tanque número quince.

—Maldición —dijo frotándose la cabeza—. ¿Qué?

Larry Kaczynski era un hombre de mediana edad con barriga cervecera al que le gustaba presumir de sus bravuconerías y llevar las estadísticas de su equipo de fútbol. Pero en aquel momento parecía preocupado. Y esa preocupación provenía del papel que tenía en la mano.

—Ese nuevo tipo… Ya está aquí.

—Me alegro por él —dijo Casey, volviendo bajo el tanque.

Aquel era el segundo presidente en menos de un año y, teniendo en cuenta las circunstancias, probablemente no estaría allí ni dos meses. Confiaba en durar allí más que él, lo cual era todo un reto.

La cerveza no se fabricaba sola, aunque dada la actitud del último presidente, algunas personas pensaban que sí. Además, había que vigilar que el equipo estuviera limpio y operativo, y el tanque quince no lo estaba.

—No lo entiendes —farfulló Larry antes de que ella volviera bajo el tanque—. No lleva en el edificio ni una hora y ya ha mandado una circular.

—Larry —dijo ella, su voz resonando contra el cuerpo del tanque—, ¿me lo vas a contar hoy?

—Tenemos que volver a solicitar nuestros puestos de trabajo antes de mañana. Yo no… Bueno, ya me conoces, Casey. Ni siquiera tengo hecho un currículum. Llevo treinta años trabajando aquí.

Casey volvió a salir de debajo del tanque y se sentó.

—A ver, empieza desde el principio —dijo con voz suave mientras se levantaba—. ¿Qué dice la circular?

Larry siempre veía las cosas venir. Si mantenía la calma, el resto de los subordinados de Casey haría lo mismo. Pero si Larry se asustaba…

Larry volvió a mirar la hoja que tenía en las manos. Tragó saliva y a Casey le dio la sensación de que estaba esforzándose por no venirse abajo.

Vaya, estaban perdidos.

—Solo dice que antes de mañana, todos los empleados de la cervecera Beaumont tienen que ha-

12

ber entregado un currículum actualizado para que el nuevo presidente pueda decidir si mantienen su puesto o no.

Hijo de…

—Déjame ver.

Larry le entregó la hoja y se apartó, como si de repente aquel papel fuera contagioso.

—¿Qué voy a hacer, jefa?

Casey estudió la circular y comprobó que Larry se la había leído al pie de la letra. Todos los empleados, sin excepciones.

No tenía tiempo para aquello. Era responsable de la fabricación de unos dos mil litros de cerveza al día, con un equipo de diecisiete personas. Hasta hacía dos años, cuarenta personas habían sido responsables de ese volumen de producción. Pero en aquel entonces, la compañía no había pasado por una interminable sucesión de presidentes.

El actual presidente estaba poniendo patas arriba la cervecera y asustando a los empleados. ¿Qué era eso de tener que volver a solicitar su puesto, un puesto que se había ganado?

No sabía nada acerca del tal Zebadiah Richards, pero tenía que tener una cosa clara si iba a dirigir la compañía: la cervecera Beaumont se dedicaba a fabricar cerveza. Si no había cerveza, no había cervecera. Y sin maestros cerveceros, no había cerveza.

Se volvió hacia Larry, que estaba pálido y probablemente temblando. Entendía muy bien por qué estaba asustado. Larry no era el más listo, y era consciente de ello. Esa era la razón por la que ni se había marchado con Chadwick cuando había perdido la compañía ni cuando Ethan Logan había intentado evitar que el barco se hundiera.

Por eso era por lo que Casey había sido ascendida por encima de Larry a maestra cervecera, a pesar de que tuviera veinte años más de experiencia que ella. A Larry le gustaba el trabajo, la cerveza, y mientras se aplicara el aumento del coste de vida en el sueldo y en el bono que cobraba a final de año, estaba conforme con quedarse igual el resto de su vida. Nunca le había interesado ocupar puestos de responsabilidad.

En aquel momento, era Casey la que se preguntaba por qué ella sí había aceptado.

—Me ocuparé de esto.

Aquel anuncio puso más nervioso a Larry. Al parecer, no tenía mucha confianza en que fuera a ser capaz de mantener su mal humor.

—¿Qué vas a hacer?

Viendo su reacción, era evidente que temía que la despidieran y tuviera él que ocupar su puesto.

—Voy a tener unas palabras con ese tal Richards.

—¿Estás segura de que es lo más inteligente?

—Probablemente no —convino ella—. Pero ¿qué va a hacer? ¿Despedir a los maestros cerveceros? No creo —dijo, y le dio una palmada en el hombro—. No te preocupes, ¿de acuerdo?

Larry sonrió no muy convencido, pero asintió.

Casey se fue a su despacho y se quitó la redecilla del pelo. Sabía que no era una gran belleza, pero a nadie le gustaba hablar con un nuevo jefe con una redecilla en la cabeza. Se puso una gorra de la cervecera y se sacó por detrás la coleta.

—Mira a ver si puedes sacar ese tubo de drenaje

y, si lo consigues, intenta purgarlo. Volveré en un rato.

No tenía tiempo para aquello. Trabajaba de diez a doce horas al día, seis o siete días a la semana, para mantener limpio el equipo y la cerveza fluyendo. Si perdía más gente de su equipo…

No podía permitirlo. Si eso ocurría…

Le había prometido a Larry que no la despedirían. Pero ¿y si no era así? No había muchas probabilidades, pero sí algunas. A diferencia de Larry, tenía un currículum actualizado que guardaba por si acaso. No quería usarlo, quería quedarse en la cervecera Beaumont y fabricar su cerveza favorita durante el resto de su vida.

Siendo sincera, lo que le habría gustado habría sido ser maestra cervecera en la antigua cervecera Beaumont, aquella en la que había trabajado doce años bajo la dirección de la familia Beaumont. Por entonces, era un negocio familiar y los propietarios se implicaban personalmente con los empleados.

Incluso le habían dado a una universitaria avispada la oportunidad de hacer algo que nadie más hacía: fabricar cerveza.

Pero la circular que tenía en la mano era la prueba de que no era la misma cervecera. Los Beaumont ya no dirigían el negocio, y la compañía estaba sufriendo las consecuencias.

Ella también estaba sufriendo. No recordaba la última vez que había disfrutado de más de veinticuatro horas seguidas libres. Estaba haciendo el trabajo de tres personas y gracias a la política de austeridad implantada por el último presidente, no había visos de que aquello fuera a cambiar. No podía permitirse perder a nadie más.

Era una maestra cervecera de treinta y dos años, además de mujer. Había llegado muy lejos en poco tiempo, pero ninguno de sus predecesores había tenido que aguantar tanto en tan poco tiempo. Habían podido dedicarse a la fabricación de cerveza con relativa tranquilidad.

Irrumpió en la zona noble. Delores estaba sentada en su mesa y, al ver a Casey, se levantó con sorprendente agilidad.

—Casey, espera. No…

—Claro que voy a entrar —dijo, y pasando junto a Delores, abrió la puerta del despacho presidencial—. Vamos a ver, ¿quién demonios se cree que es?

Capítulo Dos

Casey se detuvo en seco. ¿Dónde estaba? La mesa estaba vacía y no había nadie en los asientos de cuero.

Un movimiento a su izquierda llamó su atención. Se volvió y ahogó una exclamación de sorpresa.

Junto a los ventanales, había un hombre mirando hacia la fábrica de cerveza. A pesar de estar de espaldas y con las manos en los bolsillos, derrochaba poder y opulencia. El traje le sentaba como un guante y, por su postura, con las piernas separadas a la misma distancia que la anchura de sus hombros, parecía el dueño y señor de todo lo que estaba mirando.

Sintió un escalofrío. Nunca le habían interesado los trajes imponentes ni los hombres que los llevaban, pero había algo en aquel hombre, el mismo que estaba amenazando su puesto de trabajo, que le hacía difícil respirar. ¿Serían sus hombros anchos o el poder que emanaba de él, como si fuera el más intenso de los perfumes?

Entonces, el hombre se volvió y en lo único en lo que reparó fue en sus ojos verdes. Su mirada magnética la dejó completamente sin respiración.

Era, sin lugar a dudas, el hombre más guapo que había visto nunca. Todo en él, su traje impecable, sus hombros anchos, su pelo corto y en especial sus ojos, formaban un imponente conjunto que le resultaba imposible de resistir. ¿Y aquel era su nuevo jefe, el hombre que había mandado la circular?

Enarcó una ceja y la miró de arriba abajo, y todo el interés que había despertado su elegante traje y sus bonitos ojos desapareció al instante. Debajo de la bata de laboratorio, Casey llevaba un polo blanco con el logotipo de la cervecera Beaumont bordado en el pecho, sudado, porque en la sala de fermentación la temperatura siempre era muy alta. Seguramente tenía el rostro enrojecido por el calor y la furia, y oliera a malta y a mosto.

Debía de parecer una loca.

Sin duda alguna él había llegado a la misma conclusión, porque cuando la miró a los ojos, una de las comisuras de sus labios se curvó hacia arriba.

No parecía estarla tomando en serio.

Bueno, enseguida se daría cuenta de que no estaba de broma.

—La felicito —dijo en tono frío—. Es la primera.

Levantó la muñeca y miró el reloj, posiblemente un modelo muy caro.

—Treinta y cinco minutos, estoy impresionado —añadió.

Su actitud autoritaria le sentó como si le cayera un jarro de agua fría por encima. No estaba allí para quedarse embobada frente a un hombre guapo. Estaba allí para defender a su equipo.

—¿Es usted Richards?

—Zebadiah Richards, sí, su nuevo jefe —añadió en tono amenazante, como si creyera que podía intimidarla—. ¿Y usted quién es?

18

¿Acaso no se daba cuenta de que no tenía nada que perder? Llevaba doce años trabajando en un sector dominado por hombres y no se dejaba amedrentar fácilmente.

—Soy Casey Johnson, la maestra cervecera.

¿Qué clase de nombre era Zebadiah? ¿Acaso era un nombre bíblico?

—¿Qué significa esto? —preguntó sacudiendo la circular.

Por un instante, Richards abrió los ojos sorprendido, pero enseguida recuperó su actitud distante.

—Discúlpeme —dijo en tono suave cuando Casey lo miró—. Debo decir que no es como me la había imaginado.

Casey puso los ojos en blanco y no hizo nada por disimularlo. Pocas personas esperaban que a una mujer le gustara beber cerveza y, menos aún, que la elaborara. Y llamándose Casey, todo el mundo suponía que era un hombre como Larry, un tipo de mediana edad y barriga cervecera.

—No es problema mío que se haya equivocado tanto en sus suposiciones.

Nada más decir aquello, cayó en la cuenta de que ella también había hecho suposiciones equivocadas, ya que no se había imaginado que el nuevo presidente sería como él. Bueno, solo había acertado en el traje impecable. Pero aquel pelo tan corto y aquellos ojos verdes… Era incapaz de dejar de mirarlos.

Él sonrió. Aquello no era bueno. Bueno sí, pero no de una forma que a ella le conviniera, porque aquella sonrisa hizo que su frialdad desapareciera y su expresión se volviera cálida. Casey sintió que estaba a punto de empezar a sudar de nuevo.

–Cierto. Bueno, puesto que es la primera persona que viene a mi despacho, le explicaré el motivo de esa circular, señorita Johnson. Aunque esperaba que fueran los propios empleados de la cervecera los que lo averiguaran por sí solos. Todo el mundo tiene que volver a solicitar sus puestos de trabajo.

Su tono condescendiente impedía que se dejara llevar por su mirada, y pudo concentrarse en su misión.

–¿Dónde ha aprendido esa técnica de gestión de empresas? ¿En un cursillo de fin de semana?

Un brillo divertido asomó en la mirada de aquel hombre, y Casey a punto estuvo de sonreír. Mucha gente la consideraba brusca y a veces caía mal. No se andaba con miramientos y no estaba dispuesta a sentarse y cerrar la boca solo porque fuera mujer y a los hombres no les gustara que su autoridad fuese cuestionada.

Lo que era más extraño aún era que alguien captara su sentido del humor. ¿De veras era capaz de sonreír aquel Richards? No quería trabajar para un hombre con el que tuviera que estar continuamente enfrentándose. Tal vez fueran capaces de llevarse bien, después de todo. Quizá…

Pero tan pronto como había llegado, aquel instante de distensión desapareció, y la miró entornando los ojos.

«No es el único que puede ser condescendiente».

–El objetivo es doble, señorita Johnson. Por un lado, me gustaría conocer las capacidades que tienen mis empleados. Por otro, quiero asegurarme de que son capaces de seguir instrucciones muy sencillas.

Se había acabado la diversión. Los hombres tan importantes como él no sabían disfrutar de las bromas. Lástima. Por otro lado, si sonreía, su atractivo la anularía y, peor que no poder trabajar con un jefe, era sentirse atraída por él.

No podía dejarse embaucar por él, aunque por suerte, con cada cosa que decía se lo estaba poniendo más fácil.

—Señor Richards, deje que le recuerde que esta compañía no se fundó ayer. Llevamos fabricando cerveza desde…

—Desde hace más de ciento treinta años, lo sé —dijo interrumpiéndola, antes de ladear la cabeza y quedarse mirándola—. Pero usted es la encargada de su elaboración desde hace menos de un año, ¿me equivoco?

Si no hubiera estado tan enfadada, se habría asustado. No había ninguna duda de que aquello era una amenaza. Pero no podía dedicar tiempo a emociones que no le llevaban a ningún sitio y la furia resultaba mucho más útil que el miedo.

—Me he ganado ese puesto. Antes de que cuestione cómo una mujer de mi edad ha podido adelantar a todos esos tipos que fabrican cerveza, deje que le diga que los más experimentados se han ido de la compañía. Si quiere mantener un producto de calidad, en el futuro más inmediato solo me tiene a mí —dijo sacudiendo la circular—. Y no tengo tiempo para ocuparme de estas tonterías.

En lugar de hacer lo que cualquier jefe normal habría hecho ante un empleado que le hubiera gritado, como despedirla en el acto, Richards ladeó la cabeza y volvió a quedarse mirándola.

—¿Por qué no?

—¿Por qué no qué?

—¿Por qué no tiene tiempo para atender una simple tarea administrativa?

Casey no quería dar ninguna muestra de debilidad, pero no pudo impedir que una gota de sudor rodara desde debajo de su gorra hasta el ojo. Confiaba en que al menos no creyera que estaba llorando. Se secó los ojos con la palma de la mano.

—Porque trabajo con un equipo bajo mínimos desde hace nueve meses. Hago el trabajo de tres personas, al igual que los demás. Estamos escasos de personal, con una gran carga de trabajo y…

—Y no tiene tiempo para, según sus propias palabras, estas tonterías.

¿Qué estaba, compadeciéndose de ella o burlándose? No era capaz de adivinar sus pensamientos.

«Todavía no», dijo una voz en su cabeza.

Apartó aquella idea. Tampoco quería saber lo que estaba pensando.

—No si quiere que se cumplan los planes de producción.

—Pues contrate a más gente.

Esta vez, fue ella la que se quedó boquiabierta.

—¿Cómo?

Richards se encogió de hombros, en un gesto demasiado informal en él. Los hombres no deberían mostrarse tan despreocupados. No era bueno para ellos, sentenció. Y, desde luego, tampoco para ella. Aquello sería mucho más sencillo si no fuera ni la mitad de atractivo.

—Contrate más gente. Pero antes, quiero ver sus currículos también. ¿No vamos a ponérselo más fácil a los nuevos, no?

Aquel tipo no entendía nada. Las cosas no iban bien. Aquello era el principio del fin. Al final, iba a tener que ayudar a Larry a preparar su currículum.

—Pero las nuevas contrataciones están congeladas desde hace ocho meses —le dijo—, hasta que los beneficios se recuperen.

Richards avanzó un paso y deslizó un dedo por la superficie de la mesa de reuniones. Verle acariciar la mesa con la mano resultaba un gesto casi íntimo.

Se le puso la piel de gallina.

—Dígame, señorita Johnson, ¿quién decidió congelar las contrataciones, Chadwick Beaumont o Ethan Logan?

Había algo en su voz que se correspondía con la suavidad con la que acariciaba la mesa. Casey se quedó observándolo. Algo en él le resultaba familiar, aunque no recordaba haberle conocido antes. ¿Quién podría olvidar esos ojos?

—Logan.

—Ya —replicó cambiando de postura.

Al moverse, Casey dejó de ver su perfil recortado contra la ventana. Al recibir más luz, Casey se sorprendió al descubrir que aquellos ojos verdes destacaban en una piel que, aunque no era clara, tampoco era oscura. Más bien parecía bronceada, y de pronto se dio cuenta de que era afroamericano. ¿Cómo no se había dado cuenta antes?

Bueno, sabía por qué. En primer lugar, estaba enfadada, y cuando estaba tan enfadada, no se fijaba en los detalles. No había reparado en sus labios gruesos ni en su nariz ancha. En segundo lugar, sus ojos habían robado toda su atención. Eran tan llamativos, tan impactantes y tan… ¿familiares?

Seguía con la mano sobre la mesa de reuniones.

—¿Me está diciendo que la única persona que sin ser un Beaumont ha dirigido esta compañía impuso una serie de medidas pensadas para recortar gastos y que, al hacerlo, comprometió las operaciones y la producción?

—Así es.

No se le escapó el retintín con el que había dicho «sin ser un Beaumont».

Entonces, quizá porque en aquel momento estaba prestando más atención, las piezas del puzle encajaron.

Aquel tipo, aquel Zeb Richards que no era negro ni blanco, le resultaba familiar. Había algo en su nariz, en su mentón, en sus ojos…

Se parecía a Chadwick Beaumont.

¡Cielo Santo, él también era un Beaumont!

Las rodillas se le doblaron ante aquel descubrimiento, y tuvo que echarse hacia delante para apoyarse en la mesa.

—Dios mío, usted es uno de ellos, ¿verdad? —preguntó, mirándolo fijamente.

Richards apartó la mano y volvió a meterla en el bolsillo, como si estuviera ocultando algo.

—No voy a confirmar ni a negar nada, al menos hasta la conferencia de prensa del viernes.

Volvió a su escritorio.

Si estaba intentando intimidarla, no estaba funcionando. Casey lo siguió. Lo observó sentarse a su mesa, el mismo sitio en el que había visto tantas veces a Chadwick Beaumont y, al menos en tres ocasiones, a Hardwick Beaumont. El parecido era incuestionable.

—Dios mío, es usted uno de los hijos ilegítimos.

Richards se recostó en su asiento y entrelazó las manos. Parecía haberse plegado sobre sí mismo. Todo atisbo de humor y de calidez había desaparecido. Tenía delante al hombre más frío que había visto jamás.

—¿Los ilegítimos?

—Los ilegítimos de Beaumont. Siempre ha habido rumores de que Hardwick tenía varios hijos ilegítimos.

De alguna manera, todo aquello tenía sentido. Los Beaumont eran un grupo de hombres y mujeres muy atractivos, demasiado para su propio bien. Aquel hombre era muy guapo, pero no era rubio como Chadwick y Matthew Beaumont.

—Era su padre, ¿verdad?

Richards se quedó mirándola fijamente, y Casey tuvo la sensación de que estaba tomando algún tipo de decisión. No sabía de qué se trataría. Aún no la había despedido, pero quedaba mucho día por delante.

La cabeza le daba vueltas con toda aquella información. Estaba con Zeb Richards, el hombre misterioso del que tanto se había rumoreado y que había hecho bajar el precio de las acciones de la cervecera para forzar a AllBev a vender la compañía. ¿Sería un Beaumont? ¿Lo sabría Chadwick?

Una palabra fue tomando fuerza en su cabeza: venganza.

Hasta hacía unos treinta segundos, los bastardos Beaumont no habían sido más que un rumor. Ahora, uno de ellos era dueño de la compañía.

No sabía si aquello era bueno o malo.

De repente, Richards se echó hacia delante y se tomó unos instantes antes de hablar.

—Nos hemos desviado del tema. La razón por la que ha irrumpido en mi despacho sin avisar ha sido para hablar de los currículos.

Casey se sintió como una lata de cerveza que hubieran agitado y estuviera a punto de abrirse. En cualquier momento, la presión la iba a hacer estallar.

—Así es —convino, y se sentó en una de las sillas que había delante del escritorio—. El problema es que algunos de mis subordinados llevan trabajando aquí veinte y treinta años, y no tienen el currículum actualizado. Prepararlo con tan poco tiempo asusta. No hacen la clase de trabajo que pueda describirse brevemente en un papel. Lo que importa es que hacen un buen trabajo y que elaboramos un producto de calidad. ¿Conoce nuestra línea de productos?

Las comisuras de los labios de Richards se curvaron.

—Se trata de cerveza, ¿verdad?

Casey puso los ojos en blanco y Richard sonrió. Hacerle sonreír de aquella manera no era una buena idea, porque cuando lo hacía, la rigidez de su rostro desaparecía.

Aquel hombre tan atractivo resultaba tentador,

y ella hacía demasiado tiempo que se llevaba comportando con corrección.

Se estremeció. No sabía si sería por la sonrisa de su rostro o porque la camisa húmeda de sudor se le estaba pegando al cuerpo.

—Así es, aquí elaboramos cerveza. Agradezco que me dé luz verde para contratar a más trabajadores, pero es un proceso que llevará semanas. Formarlos también llevará su tiempo. Exigir papeleo adicional a mis empleados pondrá en riesgo la calidad de nuestra cerveza.

Richards no dijo nada. Casey se aclaró la voz.

—Le interesa el negocio de la cerveza, ¿no?

Volvió a mirarla fijamente y Casey suspiró. Tampoco se consideraba tan interesante como para que tuviera que mirarla de esa forma.

—Me interesa la cerveza —dijo él por fin—. Esto es un negocio familiar y me gustaría que siguiera siendo así. Debo decir que valoro positivamente su disposición a defender a su equipo. Aun así, quiero asegurarme de que los empleados que trabajan en esta fábrica no solo sean capaces de seguir instrucciones, sino que tienen la capacidad necesaria para llevar a esta compañía en una nueva dirección.

—¿Una nueva dirección? Pero vamos a seguir elaborando cerveza, ¿verdad? ¿O es que acaso vamos a dedicarnos a la electrónica o a desarrollar aplicaciones para dispositivos?

—Sí, desarrollaremos aplicaciones, pero necesito saber si hay alguien entre el personal que pueda ocuparse de eso o si voy a necesitar buscar a alguien. ¿Entiende mi punto de vista? La cervecera Beaumont ha estado perdiendo mercado. Se elaboran veinticinco mil litros de cerveza al día, pero hace unos años eran cuarenta mil. La popularidad de las cervezas artesanas ha ido ganando terreno, incluyendo Cervezas Percherón, y eso ha perjudicado nuestras ventas.

¿Nuestras ventas? Así que estaba dispuesto a dirigir la compañía.

—Aunque entiendo los recortes de Logan —continuó—, lo que necesitamos en este momento es poner manos a la obra y esperar que todo mejore, a la vez que invertimos en investigación y desarrollo y creamos nuevos productos. Y una manera de conseguirlo es escuchar a nuestros clientes.

Recorrió la habitación con la mirada y Casey pensó que había algo en él que resultaba esperanzador.

Quería seguir disfrutando con su trabajo y que le gustara trabajar para Zeb Richards. Si de veras pensaba lanzar nuevos productos, nuevas cervezas, entonces seguiría disfrutando con su trabajo. El sentimiento que florecía en su pecho le resultaba tan desconocido que tardó unos segundos en reconocer que era esperanza. Tenía esperanza en que aquello pudiera funcionar.

—Una de las cosas que contribuyó a que la cervecera Beaumont fuera un éxito fueron sus tradiciones familiares —continuó Richard en tono suave—. Por eso fracasó Logan. A los empleados les gustaba Chadwick, cualquier idiota podía darse cuenta. ¿Y su hermano Phillip? Phillip era la conexión de la cervecera con el mercado que queremos conquistar. Cuando perdimos a Phillip y Chadwick, la cervecera perdió el rumbo.

Todo lo que decía tenía sentido. Hacía un año que Casey no solo se había sentido perdida, sino que se había dado cuenta de que las cosas no iban bien. Habían perdido terreno, empleados, amigos. Habían perdido el conocimiento y la tradición que les había hecho grandes. Ella era tan solo una mujer a la que le gustaba elaborar cerveza. Aunque no podía fabricar la cerveza ella sola, estaba haciendo todo lo posible por salvar la fábrica.

Richards llevaba en su puesto unas dos horas, tal vez menos. Sus intenciones eran buenas, aunque de momento eran tan solo eso, intenciones.

La compañía necesitaba pasar a la acción. Sus ojos hipnotizadores no eran suficientes para enderezar el rumbo de aquel barco.

Aun así, si Richards era de verdad un Beaumont, quizá fuera capaz de hacerlo. Hacía tiempo que había aprendido a no subestimar a los Beaumont.

—¿Así que va a sacar a flote la compañía?

La miró fijamente a los ojos, arqueando ligeramente una ceja. Si no tenía cuidado, iba a acabar perdiéndose en aquella mirada.

—Tengo un plan, señorita Johnson. Deje que sea yo el que se ocupe de la compañía y de la cerveza.

—Me parece bien —murmuró ella.

Casey se levantó, convencida de que habían llegado al final de la conversación. Pero Richards la detuvo.

—¿Cuántos trabajadores necesita contratar?

—Al menos diez. Lo que más me urge es encontrar personal de mantenimiento. No sé cuánto sabe de cerveza, pero casi todo lo que hago está automatizado. Lo único que hay que hacer es asegurarse de apretar el botón correcto en el momento adecuado y comprobar que el resultado sea el correcto. Sinceramente, no hace falta saber demasiado de la elaboración de la cerveza una vez se tiene la receta. Pero mantener los equipos en funcionamiento es otro asunto. Es un trabajo engorroso y necesito al menos ocho personas para desarmar un tanque y volver a montarlo en menos de una hora.

Richards se quedó pensativo un momento.

—No pretendo ser descortés pero, ¿es eso lo que estaba haciendo antes de venir aquí?

Casey volvió a poner los ojos en blanco.

—¿Cómo se ha dado cuenta?

Él sonrió. Casey volvió a apartarse un paso más del escritorio y de un sonriente Richards. Seguramente era consciente de lo letal que podía ser su sonrisa. Los hombres tan guapos como él sabían muy bien el efecto que causaban en las mujeres y, por lo general, eso los convertía en unos imbéciles. Lo cual no estaba mal. Los imbéciles atractivos no se fijaban en mujeres como ella, y ella tampoco reparaba en ellos.

Pero había algo en la manera en que la estaba mirando que debía servirle de advertencia.

—Haré un trato con usted, señorita Johnson. No hace falta que ni usted ni su equipo me entreguen sus currículos.

Aquello no parecía un trato. Más bien parecía que había conseguido lo que le había pedido. Lo cual quería decir que faltaba algo más.

—¿Y... ?

–En vez de eso –dijo, y se detuvo para esbozar una sonrisa de satisfacción–, usted y su equipo experimentarán elaborando una nueva variedad de cervezas para que luego yo elija.

–¿Perdón?

–Entiendo que sea difícil expresar con palabras las habilidades de sus empleados y recogerlas en un currículum. Así que me gustaría que me las demostraran con hechos.

Casey se quedó con la boca abierta.

–No puedo…

–Sabe hacer cerveza, ¿verdad?

La estaba pinchando y estaba funcionando.

–Por supuesto que sé hacer cerveza. Llevo elaborando cerveza Beaumont doce años.

–Entonces, ¿cuál es el problema?

Posiblemente no era lo más conveniente negarle algo a su jefe en su primer día en el cargo. Aunque resultaba tentador.

–No puedo elaborar cerveza chasqueando los dedos. Tengo que probar nuevas recetas y algunas no funcionarán. Además, la fermentación lleva un tiempo y no podré hacer nada de eso hasta que cuente con más personal.

–¿Y cuánto tiempo le llevará eso?

No sabía muy bien qué responder, así que dijo lo primero que se le vino a la cabeza.

–Dos meses, tal vez tres.

–De acuerdo, tiene tres meses para contratar trabajadores y probar nuevas recetas –dijo Richards.

A continuación se echó hacia delante en su silla y se quedó mirando la mesa, como si hubieran terminado.

–No es tan sencillo. Necesitamos que el Departamento de Marketing nos facilite datos acerca de lo que actualmente está de moda y…

–Me da igual lo que digan los de Marketing –dijo cortándola–. Esta es mi compañía y quiero que se fabriquen cervezas que me gusten.

–Pero ni siquiera sé lo que le gusta.

Nada más decir aquellas palabras, deseó no haberlas pronunciado. Pero ya era demasiado tarde. Volvía a mirarla fijamente y una sensación de calor se extendió por su espalda.

–Me refiero a la cerveza –se corrigió rápidamente–. Lo tenemos todo en barriles –añadió, tratando de no sonrojarse mientras se dirigía a la barra del fondo.

Richards se echó hacia delante y se apoyó en los codos, mientras la miraba de arriba abajo una vez más.

–Estaría encantado de dedicar tiempo después del trabajo y enseñarle lo que me gusta.

Aquella era la confirmación de que era un imbécil. Así le resultaría más fácil evitar sentirse atraída por él. No había conseguido su puesto acostándose con los jefes. Podía ser el hombre más atractivo del mundo y tener unos ojos verdes impresionantes, pero nada de eso importaba si usaba su posición para aprovecharse de sus empleados. Era buena en lo que hacía y no iba a permitir que nadie le arrebatara eso.

–Señor Richards, va a tener que decidir qué clase de Beaumont va a ser, si es que realmente es uno de ellos –dijo, y no se amilanó al ver la dura expresión de sus ojos–. Porque si va a ser un depredador como su padre en vez de un empresario como su hermano, va a necesitar un nuevo maestro cervecero.

Con la cabeza alta, salió de aquel despacho y se dirigió al suyo.

Luego, se puso a actualizar su currículum.

Capítulo Tres

Zeb no tenía tiempo para pensar en el último comentario de su maestra cervecera. Pero le resultaba difícil no pensar en ella.

Se había imaginado que su circular provocaría revuelo. No le había mentido cuando le había dicho que quería comprobar quién estaba dispuesto a seguir instrucciones. También quería comprobar quién no y por qué. El caso era que tener a toda la compañía dedicando horas de trabajo a escribir currículos no era una manera eficiente de aprovechar el tiempo. Y, respecto de los trabajadores que los tenían actualizados, corría el riesgo de que volaran.

No le había sorprendido que la maestra cervecera hubiera sido la primera persona en ir a verlo.

Seguía sin poder creer que fuera una mujer joven con fuego en la mirada y un fuerte instinto de protección hacia sus empleados, capaz de enfrentarse a él sin amedrentarse. Con tan solo una mirada, bueno, quizá alguna más, había visto la verdad.

Zeb apartó a Casey Johnson de la mente y tomó el teléfono. Empezó a buscar entre sus contactos hasta que dio con un nombre: Daniel Lee. Marcó y esperó.

—¿Dígame?

—Daniel, soy Zeb. ¿Sigues interesado?

Hubo una pausa al otro extremo de la línea. Daniel Lee había sido asesor político y había trabajado en la sombra para derrotar a varios candidatos. Sabía muy bien cómo manipular a la opinión pública y analizar datos. Pero no era por eso por lo que Zeb lo había llamado.

Daniel, como él, era uno de los bastardos de Beaumont.

–¿Dónde estás? –replicó Daniel, obviando la pregunta de Zeb.

–Sentado en la oficina del presidente de la cervecera Beaumont. He programado una rueda de prensa para el viernes y me gustaría que estuvieras allí. Quiero enseñar a todo el mundo que no pueden seguir ignorándonos.

Se hizo otra pausa. Por un lado, Zeb admiraba que Daniel fuera tan metódico. Todo lo que hacía estaba bien pensado y cuidadosamente analizado, con muchos datos con los que respaldar sus decisiones.

Pero por otro lado, Zeb no quería que la relación con su hermano se basara solamente en los resultados de los números. No sabía cómo era Daniel. Se habían conocido dos meses antes, después de que Zeb dedicara casi un año y miles y miles de dólares a localizar a dos de sus hermanastros. Aun así, Daniel y él eran familia y cuando Zeb anunciara al mundo que era un Beaumont y que la cervecera era suya, quería que sus hermanos estuvieran a su lado.

–¿Y C.J.? –preguntó Daniel.

Zeb suspiró.

–Está fuera.

Zeb había encontrado a dos hermanos ilegítimos. Daniel era tres años más pequeño que Zeb y era medio coreano. El otro era Carlos Julián Santino, aunque se hacía llamar C.L. Wesley. A diferencia de Zeb y Daniel, C.J. se dedicaba a su rancho. No parecía haber heredado el instinto empresarial de los Beaumont.

Dos meses antes, cuando los tres se habían conocido durante una cena y Zeb les había expuesto su plan para hacerse con la cervecera y con lo que legalmente era suyo, Daniel había accedido a estudiar los datos y a evaluar los resultados. Pero C.J. no había mostrado ningún interés. A diferencia de la madre de Zeb, la de C.J. se había casado y su marido lo había adoptado. C.J. no consideraba a Hardwick Beaumont su padre. Lo había dejado bien claro y no quería tener nada que ver con los Beaumont o con la cervecera.

Tampoco quería nada con sus hermanos.

—Lástima —dijo Daniel—. Confiaba en que…

Sí, Zeb también había tenido esperanza. Pero no quería pensar en sus fracasos, especialmente teniendo el éxito al alcance de la mano.

—Te necesito a mi lado, Daniel. Ha llegado nuestro momento. No quiero que nos sigan escondiendo bajo la alfombra. Ambos somos Beaumont. No es suficiente con que les haya quitado la compañía. Necesito hacerlo mejor que ellos, y eso significa que te necesito. Este es el comienzo de una nueva era.

Daniel rio entre dientes.

—Cuenta conmigo, pero quiero ser director de Marketing, ¿de acuerdo?

—No podía ser de otra manera.

Se hizo una larga pausa.

—Será mejor que esto funcione —dijo Daniel en tono amenazante.

Zeb sonrió.

—Ya está funcionando.

Era última hora de la tarde cuando por fin Zeb pudo recorrer las instalaciones. Delores, con la tableta en la mano, lo mismo caminaba delante de él que lo seguía. Zeb no sabía si se estaba riendo de él o si se sentía intimidada.

El recorrido fue lento porque en cada departamento, Zeb se detenía a hablar con el personal. Varios directores le pidieron hablar en privado para preguntarle sobre la necesidad de que cada persona entregara su currículum. ¿No sería mejor que el jefe de equipo preparara un informe sobre sus subordinados? Aquello resultaba alentador. Todos aquellos directores estaban dispuestos a arriesgar sus puestos para proteger a su gente a la vez que buscaban la manera de cumplir con lo que Zeb les había pedido.

Aun así, no quería que lo tomaran por un líder débil que cambiaba fácilmente de opinión, así que accedió a que le entregaran los informes, pero insistió en que quería ver los currículos. Informó a todos de que se había acabado la congelación de las nuevas contrataciones, pero que necesitaba conocer con qué contaba antes de empezar a llenar los cubículos vacíos.

Tal y como había anticipado tras su conversación

con Casey, la noticia de que la congelación de contrataciones había finalizado, unido al anuncio de que no quería ver a sus empleados trabajando diez y doce horas al día, le había hecho ganarse cierta simpatía. Eso no significaba que la gente no siguiera mostrándose recelosa, pero empezaba a predominar un sentimiento de alivio. Era evidente que Casey no era la única que hacía el trabajo de dos o tres personas.

La sala de elaboración era la última parada. Zeb no estaba seguro de si ese era el recorrido habitual o si Delores había retrasado un nuevo encuentro con Casey.

Como era de esperar, hacía calor y la sala estaba más vacía de lo que había esperado. Entonces entendió lo que Casey le había dicho acerca de que el proceso estaba automatizado. Los pocos hombres que se encontró llevaban batas blancas, redecillas en la cabeza y gafas de protección. Cada uno tenía una tableta y, cuando Delores y Zeb pasaron por su lado, alzaron la vista para mirarlos.

—¿Qué personal había hace dos años?

Había hecho la misma pregunta cinco veces ya. Hasta hacía dos años, la empresa había estado en manos de Chadwick Beaumont. Por entonces, el nivel de beneficios era constante y su cuota de mercado estable. Aunque, al parecer, eso no había sido suficiente para algunos miembros del consejo. Leon Harper había presionado hasta conseguir la venta de la compañía, con la que había ganado cientos de millones de dólares. Por lo que se había informado de Leon Harper, el hombre era un imbécil, pero sin él, le habría sido imposible hacerse con el control de la compañía.

Delores tamborileaba en su tableta mientras caminaban. A pesar del ruido de las máquinas, había un extraño silencio en la sala y sus pasos resonaban. El sonido rebotaba en los enormes tanques de casi seis metros de altura. Según se fueron adentrando en la sala, se fueron oyendo unos martillazos cada vez más fuertes.

–Cuarenta y dos –respondió Delores después de unos segundos–. Estábamos al máximo de capacidad. Bien, ya hemos llegado.

Delores señaló al suelo y, al mirar hacia abajo, vio dos pares de piernas enfundadas en vaqueros asomando por debajo de un tanque.

Delores sonrió y se volvió hacia las piernas.

–¿Casey?

Zeb sentía curiosidad por saber qué había pensado Delores de la manera en que Casey había irrumpido en su oficina aquella mañana. Tampoco sabía si Casey le habría comentado algo al salir. Todavía no tenía clara su opinión de aquella mujer. Parecía demasiado joven como para estar al mando, pero probablemente compensaba la madurez de la que carecía con su determinación.

Aunque no lo supiera, había muy pocas personas en el mundo que se atrevían a irrumpir en su despacho y hacerle frente. Aquellos que se atrevían rara vez eran capaces de soportar la intensidad de su desprecio.

Pero ella lo había hecho, y con facilidad. Y no solo eso, sino que lo había desarmado con su comentario de despedida.

Muchas mujeres lo miraban como si fuera su pasaporte a una vida mejor. Era consciente de que era rico, atractivo y soltero, y no quería ser el pasaporte de nadie.

Pero Casey Johnson no lo había hecho. Había sabido mantener la confrontación verbal, superándolo incluso, y todo con un aspecto deplorable.

Mentiría si no dijera que no sentía curiosidad.

–… intentarlo de nuevo –se oyó una voz debajo del tanque, a la que siguieron de nuevo los martillazos.

Zeb contuvo el impulso de taparse los oídos y Delores hizo un gesto de dolor. Cuando el martilleo cesó, le dio una patada suave a uno de los pies.

–Casey, el señor Richards está aquí.

–Maldita sea, ¿qué?

Entonces salió de debajo del tanque. Llevaba una bata blanca, una redecilla y unas gafas de protección, como todos los demás.

–Hola de nuevo, señorita Johnson.

Se quedó sorprendida. No era una belleza convencional, especialmente con aquella redecilla. Tenía una pequeña cicatriz en una mejilla, más evidente en aquel momento con el rostro enrojecido. Era una imperfección que llamaba su atención. Era unos diez centímetros más baja que él y sus ojos parecían de un tono claro de marrón. Tampoco sabía de qué color era su pelo.

Pero sentía pasión por la cerveza y eso le gustaba a Zeb.

–Otra vez usted –dijo con una nota de aburrimiento en la voz–. ¿No ha tenido suficiente?

A punto estuvo de reír, pero se contuvo. Él era Zeb Richards, presidente de la cervecera Beaumont, y no iba a dejarse amilanar por la actitud de su maestra cervecera. Aun así, su comportamiento le resultaba estimulante después de un día rodeado de gente haciéndole la pelota.

Una vez más, recordó su comentario de despedida. ¿A quién se parecía más, a su padre o a su hermano? No sabía demasiado de ninguno de los dos. Sabía que su padre había tenido muchos hijos, y que a algunos los había ignorado, y de su hermanastro sabía que había estado diez años dirigiendo con éxito la cervecera. Pero eso lo sabía cualquiera con una conexión a internet.

Cualquiera de los allí presentes conocía la respuesta, incluida la maestra cervecera con aquel carácter tan fuerte. Pero él no.

Al menos, todavía.

Delores parecía horrorizada.

—Casey, le estoy enseñando al señor Richards las instalaciones. ¿Por qué no le enseñas tú los tanques?

Por un instante, Casey pareció arrepentirse ante la sutil reprimenda de Delores, y Zeb tuvo la sensación de que era Delores la que mantenía la compañía en pie.

—No puedo. Este maldito tanque no funciona. Estoy ocupada. Vuelva mañana.

Y con esas, volvió a deslizarse debajo del tanque. Antes de que Delores o Zeb pudieran decir nada, aquellos infernales martillazos comenzaron de nuevo. Esta vez, le parecía que incluso sonaban más fuerte.

Delores se volvió hacia él.

—Mis disculpas, señor Richards. Yo…

Zeb la interrumpió alzando una mano. Luego,

volvió a golpear suavemente los zapatos. Esta vez salieron dos personas. El otro era un hombre de unos cincuenta y tantos años, con gesto asustado.

–¿Qué? –dijo Casey mirando a Zeb.

–Tenemos que reunirnos para revisar la línea de producción y discutir algunas ideas para los nuevos lanzamientos.

Ella puso los ojos en blanco, provocando que Delores contuviera una exclamación.

–¿Por qué no le pide a alguien de Ventas que lo haga?

–No puedo –respondió él fríamente.

Una cosa era permitir que lo desafiara en la intimidad de su despacho y otra que lo hiciera delante de otros trabajadores.

–Tiene que ser usted, señorita Johnson. Si quiere elaborar una cerveza conforme a mis gustos, antes tendrá que conocerlos. ¿Cuándo estará este tanque arreglado y funcionando?

–Es difícil saberlo, y más con tantas interrupciones.

Entonces, lo miró arqueando una ceja y sus labios se curvaron en una medio sonrisa, como si compartieran una broma íntima.

Zeb hizo un rápido cálculo mental. No podían reunirse antes del viernes. Su prioridad era organizar la rueda de prensa. Pero para la semana siguiente tenían que estar trabajando en una nueva línea de productos.

También era consciente de que la rueda de prensa iba a levantar ampollas. Lo mejor sería dejar el lunes libre.

–Quedemos el martes para comer.

Por un segundo, pensó que iba a negarse. Había abierto la boca y parecía a punto de iniciar una discusión. Pero de pronto cambió de idea.

–De acuerdo, el martes. Ahora, si me disculpa… –añadió, y volvió a deslizarse bajo el tanque.

–Lo siento mucho –repitió Delores, mientras se alejaban del ruido de los martillazos–. Casey es…

Zeb no quiso interrumpirla. Sentía curiosidad por saber qué pensaban de ella otros trabajadores.

Se sorprendió al darse cuenta de que sentía admiración por ella. No debía de ser fácil encargarse de la elaboración de la cerveza, especialmente siendo una mujer joven. Tenía unos veinte años menos que cualquier de los hombres que había visto en la fábrica. Pero no había dejado que eso la detuviera.

Porque, simplemente, era imparable.

Confiaba en que los empleados tuvieran una buena opinión de ella. Necesitaba gente como ella que se preocupara de la empresa y de la cerveza.

–Es joven –concluyó Delores.

Zeb resopló. Comparado con su secretaria, cualquiera lo era.

–Pero es muy buena –añadió con cierta intención.

–Estupendo –dijo, convencido de que Casey Johnson no se lo pondría fácil–. Asegúrese de que Recursos Humanos agiliza las contrataciones. Quiero que tenga toda la ayuda que necesite.

Estaba seguro de que iba a disfrutar con todo aquello.

Capítulo Cuatro

—Gracias a todos por haber venido —dijo Zeb contemplando las caras asustadas de los directores generales, vicepresidentes y jefes de departamento.

Estaban todos sentados alrededor de la mesa de reuniones de su despacho. Quedaban veinte minutos para que empezara la rueda de prensa y Zeb había pensado que era mejor dar a conocer su anuncio antes a sus empleados.

Todos parecían nerviosos. No podía culparlos. Había hecho que todos dejaran sus teléfonos móviles fuera antes de entrar al despacho y unos pocos parecían estar sufriendo el síndrome de abstinencia. No quería correr el riesgo de que alguien se anticipara a su anuncio.

Solo había una persona que parecía saber lo que iba a pasar, y esa era Casey Johnson. También parecía un miembro del equipo directivo, pensó sonriendo para sus adentros. Llevaba el pelo recogido en un moño, una blusa morada clara y unos pantalones de vestir a juego. Parecía una mujer tan diferente a la que había irrumpido en su oficina que si no hubiera sido por la cicatriz de la mejilla, no la hubiera reconocido.

—Voy a contarles lo mismo que voy a anunciar a la prensa en veinte minutos —dijo Zeb—. Quería prevenirlos. Cuando haga el anuncio, quiero que todos y cada uno de ustedes muestren su apoyo. Vamos a presentar un frente unido. La cervecera Beaumont no solo ha vuelto sino que va a ser mejor que nunca –añadió mirando a Casey.

Ella arqueó una ceja y le hizo un pequeño gesto con las manos que Zeb interpretó como un «manos a la obra».

–Hardwick Beaumont era mi padre.

Como era de esperar, todos los presentes se quedaron asombrados y hubo algunos murmullos. Zeb reparó en cómo Casey miraba a su alrededor, como si todos los demás se hubieran tenido que dar cuenta ya de la verdad.

No parecía consciente de lo excepcional que era. Nadie lo había mirado de aquella manera ni lo había reconocido como un Beaumont. Lo único que veían era a un negro de Atlanta. Pocos se habían preocupado en ver más allá de eso, ni siquiera cuando había empezado a ganar mucho dinero.

Pero ella sí.

Algunos de los empleados más mayores se habían quedado serios, pero no sorprendidos. Los demás no salían de su asombro. Y el día todavía no había acabado. Cuando los comentarios cesaron, Zeb continuó:

–Algunos de ustedes ya conocen a Daniel Lee –añadió señalando a Daniel, que estaba junto a la puerta–. Además de ser el nuevo director general de Marketing, Daniel es también hijo de Hardwick. Así que cuando les diga a los periodistas –dijo ignorando de nuevo los murmullos– que la cervecera Beaumont vuelve a estar en manos de un Beaumont, quiero contar con su completo apoyo. He pasado la última semana conociendo a todos los empleados. Sé que Chadwick Beaumont, mi hermanastro, dirigió esta compañía con gran orgullo y sentido familiar y quiero prometerles, aquí en esta habitación, que recuperaremos el prestigio de esta compañía. Aunque mi apellido no sea Beaumont, soy uno de ellos. ¿Cuento con su apoyo?

De nuevo, sus ojos se encontraron con los de Casey. Luego miró a Daniel, buscando sin duda el parecido entre ellos a pesar de sus diferencias raciales.

Los murmullos continuaron por la sala y Zeb esperó. No iba a preguntar una segunda vez, porque eso sería señal de debilidad.

−¿Sabe Chadwick lo que está haciendo?

Zeb no vio quién hizo la pregunta, pero por la voz, debía de ser una de las personas de más edad que había en la sala. Quizá alguien que hubiera trabajado no solo para Chadwick, sino para Hardwick también.

−Enseguida se enterará. En este momento, Chadwick es la competencia. Le deseo lo mejor, y seguro que él a nosotros también, pero no va a volver. Esta es ahora mi compañía y quiero que vuelva a estar mejor que estaba cuando él estaba al mando. Daré todos los detalles en la rueda de prensa. Vamos a tener nuevas cervezas y nuevas estrategias de marketing, gracias a Daniel y a su vasta experiencia.

Sabía que no los estaba convenciendo. Los que estaban de pie se movían inquietos y los que estaban sentados evitaban mirarlo. Si hubiera sido una reunión para negociar algo, habría dejado que el silencio se prolongara.

—Este solía ser un lugar maravilloso para trabajar, y quiero que vuelva a serlo. Como ya he comentado con algunos de ustedes, he decidido poner fin a la congelación de nuevas contrataciones. Por supuesto que los resultados son y seguirán siendo importantes, pero también lo es la cerveza.

Al fondo, un hombre mayor dio un paso al frente.

—El anterior presidente estuvo a punto de hundirnos.

—El anterior presidente no era un Beaumont —replicó Zeb.

Podía ver las dudas en sus caras. No los estaba convenciendo.

Entonces Casey se levantó. Su aspecto era más respetable que la última vez que la había visto.

—No sé los demás, pero yo quiero hacer cerveza. Y si dice que vamos a seguir haciendo cerveza, cuente conmigo.

Zeb agradeció su comentario con una inclinación de cabeza, antes de recorrer la sala con la mirada. Contaba con que el lunes se encontraría con una o dos cartas de renuncia sobre la mesa, tal vez más. Pero el comentario de Casey parecía haber animado al resto de empleados.

—De acuerdo —dijo el hombre que había hablado antes.

Zeb iba a tener que aprenderse su nombre porque era evidente que contaba con el respeto de sus compañeros.

—¿Qué tenemos que hacer?

–Daniel ha preparado esta rueda de prensa. Quiero que todos se muestren contentos con el nuevo plan y lo apoyen, como si se tratara de una campaña política.

Precisamente era eso lo que Daniel sabía hacer mejor. Los paralelismos no eran una simple coincidencia.

–Traten de sonreír –dijo Daniel, y todos se sobresaltaron al oírlo hablar por primera vez–. Voy a pedirles que se pongan en fila y luego vamos a salir y a colocarnos en los escalones de entrada al edificio. Ustedes son el alma de la cervecera Beaumont, todos y cada uno de ustedes. Traten de recordarlo cuando estén delante de las cámaras.

Hablaba como un verdadero asesor político.

–Señor Richards –dijo Delores, asomando la cabeza por la puerta–. Es casi la hora.

Daniel empezó a colocar a todos en fila, disponiéndolos a su gusto. Zeb se fue a su cuarto de baño privado y se lavó la cara con agua fría. ¿Contaría con el apoyo suficiente para dar una buena imagen?

Seguramente sí.

Se miró al espejo. Era un Beaumont. Durante la mayor parte de su vida, ese hecho había sido un secreto que solo tres personas habían conocido, sus padres y él. Si su madre hubiera dicho algo en público acerca de quién era su verdadero padre, Hardwick habría hecho su vida miserable.

Pero Hardwick estaba muerto y Zeb ya no tenía por qué guardar los secretos de su padre. El mundo entero estaba a punto de saber quién era realmente.

Salió y se encontró con la última persona que quedaba en la sala de reuniones. No le sorprendió ver que era Casey Johnson. Por alguna razón, le agradó.

—¿Qué tal lo he hecho?

Nada más pronunciar aquellas palabras, se arrepintió. No necesitaba su aprobación, pero ya le había hecho la pregunta.

Ella ladeó la cabeza y se quedó observándolo.

—No ha estado mal —contestó por fin—. Puede que se quede sin todo el Departamento de Marketing.

Zeb arqueó las cejas. ¿Lo diría por él o porque había traído a Daniel?

—¿Eso cree?

Ella asintió y luego suspiró.

—¿Está seguro de que sabe lo que está haciendo?

—¿Sabe guardar un secreto?

—Si digo que sí, entonces querrá contármelo.

Zeb nunca admitiría que estaba nervioso. Pero si lo estuviera, un poco de enfrentamiento verbal con la señorita Johnson no le habría ido mal para distraerlo.

—Me tomaré esa respuesta como un no. Aun así —continuó antes de que Casey protestara—, estoy poniendo el destino de esta compañía en las manos de una joven con un carácter, digamos, un tanto peculiar, cuando cualquier otro propietario en su sano juicio confiaría en un maestro cervecero de más edad y con más experiencia. Tengo fe en usted, señorita Johnson. Intente tener fe en mí.

Casey parecía a punto de saltar por aquel comentario acerca de su carácter, pero de pronto pareció reparar en el cumplido y algo extraño sucedió: se ruborizó.

–¿Tiene fe en mí?

–Anoche me tomé una cerveza. Teniendo en cuenta que se ha hecho cargo de la elaboración de la cerveza durante el último año, creo que es razonable suponer que algo ha tenido que ver en el resultado final. Así que sí, tengo fe en sus capacidades.

Casey separó los labios y ahogó un resoplido. Zeb estuvo a punto de dejarse llevar por el impulso de echarse hacia delante y besarla. En aquel momento, estaba irresistible.

Al instante, apartó aquel pensamiento de la cabeza. ¿Qué demonios le estaba pasando? Estaba a punto de enfrentarse a un montón de periodistas sedientos de escándalos. Lo último en lo que debía estar pensando era en besar a alguien y, menos aún, a su maestra cervecera, teniendo en cuenta además el enfrentamiento que había tenido con ella unos días antes.

¿A quién se parecería más, a su padre o a su hermano?

Aun así, le resultaba difícil contener el impulso de echarse hacia delante. Casey abrió los ojos como platos y sus pupilas se oscurecieron.

–No me falle –dijo bajando la voz.

La puerta se abrió y Daniel asomó la cabeza.

–Ah, es la señorita Johnson, ¿verdad? La estamos esperando –dijo y miró a Zeb–. Quedan dos minutos.

La señorita Johnson se puso en marcha, pero, al llegar a la puerta, se volvió.

—No le falle a la compañía.

Zeb confiaba en no hacerlo.

Debía prestar más atención a lo que Zeb estaba diciendo con tanta pasión. Le había oído decir cosas como «cerveza de calidad» y «negocio familiar», pero de poco más se había enterado. Estaba distraída.

Así que confiaba en ella. Se había quedado tan desconcertada que no había encontrado una buena respuesta. No podía olvidar que había sido una impertinente las dos veces que lo había visto previas a ese día.

No era que no se sintiera respetada. Los compañeros con los que llevaba trabajando doce años la respetaban. Se lo había ganado. No había faltado ni un solo día. Había cumplido con todas las tareas que le habían encomendado, incluso las más desagradables, como limpiar los tanques. Los tipos como Larry la respetaban porque la conocían bien.

Pero Zeb Richards, a pesar de aquellas dos conversaciones que habían mantenido, no la conocía.

Quizá lo que había dicho era un montón de tonterías. Después de todo, un tipo tan guapo como él debía de saber muy bien cómo decir lo correcto en el momento adecuado, especialmente a una mujer. Ya había tenido oportunidad de calarla aquel primer día en que había irrumpido en su despacho sin avisar. Era posible que se hubiera dado cuenta de lo que quería escuchar y entonces se lo hubiera dicho para hacerle bajar los humos.

Aunque no estaba prestando atención, supo

cuando soltó la bomba y no solo por el nerviosismo de sus compañeros. El regimiento de periodistas se quedó estupefacto. Unos segundos más tarde, empezaron a hacer preguntas a gritos.

–¿Puede demostrar que Hardwick Beaumont era su padre?

–¿Sabe si hay más hijos ilegítimos?

–¿Ha planeado esto con Chadwick Beaumont?

–¿Cuáles son sus planes para la cervecera ahora que los Beaumont vuelven a hacerse cargo de la compañía?

Casey observó a Richards. Los periodistas se habían levantado de sus asientos y estaban rodeando el estrado, como si estando más cerca fueran a asegurarse las respuestas a sus preguntas. Aunque no era a ella a quien estaban gritando, sintió deseos de salir corriendo.

Pero Richards no. Estaba en el podio, mirando a los periodistas como si no fueran más que mosquitos molestándolo en un día de verano. Después de unos minutos, los periodistas se fueron callando y Richards esperó a que volvieran a sus asientos antes de continuar con su discurso.

Aquello era impresionante. Se quedó mirando a Daniel Lee. Los dos hombres estaban casi hombro con hombro, Daniel un paso atrás y a la derecha de su hermano. Richards era unos centímetros más alto, y también más musculoso. Aquellos hombres no debían parecerse. Era evidente que el origen asiático de Lee y Richards no acababa de encajar en una etnia. Pero a pesar de aquellas diferencias, y del hecho de que no se habían criado juntos como los otros Beaumont, se adivinaba el parecido entre ellos. La manera en que alzaban sus cabezas, sus barbillas… Aunque no conocía a todos los hermanos Beaumont, al aparecer compartían el mismo mentón.

Mientras Richards continuaba exponiendo sus planes para recuperar el prestigio de la familia Beaumont, Casey se preguntó dónde encajaba ella en todo aquello.

En su momento, siendo una becaria recién salida de la universidad, Hardwick Beaumont le había parecido un vejestorio, de mirada aguda y manos largas. Wally Winking, el viejo maestro cervecero de marcado acento alemán a pesar de llevar en la cervecera más de cincuenta años, le había dicho que le recordaba a su nieta. También le había dicho que nunca se quedara a solas con Hardwick y no había tenido que preguntarle por qué.

Richards le había tirado los tejos tres días atrás. Eso era algo que su padre habría hecho. Pero lo de ese día…

Ese día, cuando se habían quedado a solas, le había dicho que tenía fe en sus capacidades. Le había dado la impresión de que la respetaba como persona y como maestra cervecera.

Eso le hacía parecerse a su hermano Chadwick.

Su padre iba a regodearse con aquello. Luego, se enfadaría por no habérselo contado antes. Estaba continuamente preocupado porque pensaba que estaba a un paso de perder su empleo, una sensación que se había intensificado durante el último año. Era un padre muy protector, algo que resultaba tierno a la vez que irritante.

¿Qué le diría a su padre? No le había contado

su primer encuentro con Richards y tampoco el segundo. Estaba segura de que saldría en las noticias esa noche, detrás de Zeb Richards, en el momento en que había confirmado ante las cámaras lo que todo el mundo sabía acerca de la familia Beaumont y la cervecera.

Solo podía hacer una cosa. En cuanto Daniel Lee le devolviera el teléfono, le mandaría un mensaje a su padre.

Los periodistas empezaron a gritar de nuevo. Richards recogió su tableta y se dispuso a bajar del estrado. Daniel se dirigió a la gente que estaba frente a ella mientras subían los escalones de entrada. Al parecer, la conferencia de prensa había acabado.

Richards ignoraba a los periodistas, lo que hizo que estos gritaran todavía más fuerte. Casi había llegado a la puerta cuando Natalie Baker, la guapa presentadora rubia del programa de cotilleos *De buena mañana con Natalie Baker,* le bloqueó el paso con su cuerpo y, en especial, con sus pechos. Era la clase de pechos que Casey no tenía ni tendría nunca.

—¿Hay más como ustedes? —preguntó susurrando, y desvió la mirada hacia Daniel para incluirlo en su pregunta.

Debieron de ser los pechos, porque por primera vez, Richards se salió del guión.

—He localizado un hermano más, pero no forma parte de esta aventura. Ahora, si me disculpa…

Baker se quedó encantada y el resto de los periodistas siguió haciendo preguntas a gritos.

Casey pensó que aquello había sido una estupidez. Ahora, todos querrían saber quién era el tercero y por qué no estaba allí en el estrado con Richards y Lee.

No tuvo ocasión de volver a hablar con Richards. Y aunque la hubiera tenido, ¿qué le habría dicho, que no había prestado atención durante la rueda de prensa?

Además, ya tenía suficiente con ocuparse de sus cosas. Tenía que mandarle un mensaje a su padre avisándole de que la compañía volvía a aparecer en las noticias, pero que no se asustara, que su jefe creía en ella. Luego, tenía que ir a hablar con su equipo para advertirles. No, probablemente fuera demasiado tarde para eso. Tenía que tranquilizarlos y asegurarles de que iban a seguir elaborando cerveza. Después tenía que comenzar el proceso para contratar a nuevos empleados y debía conseguir que el tanque quince funcionara correctamente.

Y tenía que prepararse para el martes. Iba a comer con el jefe.

¿Qué jefe sería el que aparecería?

Capítulo Cinco

No le vendría nada mal una cerveza.

–¿Has hablado con C.J.? –preguntó Daniel–. Hay que advertirle.

Allí, en la intimidad de su despacho y con la única compañía de Daniel, Zeb se echó hacia delante y se pellizcó el puente de la nariz. No, lo que le vendrían bien serían varias cervezas.

–Sí, pero no me ha parecido que estuviera preocupado. Mientras no digamos su nombre ni demos datos suyos, está convencido de que no darán con él.

Daniel resopló.

–Tú lo encontraste.

–Yo también se lo he dicho.

Zeb sabía que la negativa de C.J. de formar parte de la imagen que quería proyectar de los hermanos no era personal.

–Creo que es más confiado que nosotros.

Aquel comentario hizo sonreír a Daniel.

–Estoy convencido de que, con el tiempo, cambiará de opinión. ¿Se ha puesto alguien en contacto contigo?

–No.

No esperaba que los miembros reconocidos de la familia Beaumont asaltaran las puertas de la cervecera y desencadenaran una batalla por hacerse con el negocio familiar. Pero mientras el resto del mundo estaba sumido en preguntas y especulaciones, los Beaumont habían permanecido en absoluto silencio. Ningún comentario, nada.

Tampoco esperaba que los recibieran a Daniel y a él con los brazos abiertos.

Miró la hora.

—¿Tienes una cita? —preguntó Daniel sin mayor rodeo.

—He quedado para comer con la maestra cervecera, Casey Johnson.

Aquello llamó la atención de Daniel, que se irguió en su asiento.

—¿Y?

«Me preguntó a quién me parecía más, si a mi padre o a mi hermano, y no supe darle una respuesta».

Pero no dijo nada de eso. De hecho, no dijo nada. Daniel y él estaban en aquello juntos y sí, técnicamente eran hermanos. Pero había algunas cosas que no quería compartir. Daniel era demasiado listo y sabía cómo trastocar la verdad para conseguir sus propósitos.

Zeb no quería doblegarse a otros propósitos que no fueran los suyos.

—Vamos a revisar la línea de producción. Cuesta creer que una mujer tan joven sea la maestra cervecera de toda nuestra cerveza y quiero estar seguro de que sabe lo que hace.

Su teléfono sonó. Era su madre.

—Tengo que atender esta llamada. ¿Podemos seguir hablando luego?

Daniel asintió.

–Ah, una última cosa: He recibido cuatro cartas de dimisión del Departamento de Marketing.

Casey tampoco se había equivocado en eso. A pesar de su desparpajo, conocía muy bien el negocio.

–Contrata a más gente si crees que hace falta –sentenció Zeb, y contestó la llamada–. Hola, mamá.

–Siento tener que llamarte –dijo su madre con una voz más fría y aguda de lo habitual.

¿Cuánta cerveza era capaz de beber una persona? Zeb iba a tener que descubrir su límite, porque si había algo de lo que no podía ocuparse en aquel momento era de su madre.

–Me alegro de que lo hayas hecho –replicó suavemente–. ¿Qué tal la peluquería?

–Bah.

Emily Richards dirigía una cadena de exitosas peluquerías en Georgia. Gracias a su gestión, Doo-Wop and Pop había pasado de tener seis sillas en un centro comercial de mala muerte a quince salones desperdigados por toda Georgia, además de una línea de accesorios de pelo para el público afroamericano.

Todo gracias a Zeb, que la había convencido para que dejara la clase media, con la que ganaba unos treinta mil dólares al año, y se dedicara a un estrato social más alto. Doo-Wop and Pop había hecho rica a Emily Richards, y todo indicaba que obtendría mayores beneficios ese año.

Aquel «bah» le dio una idea de todo lo que necesitaba saber. Daba igual que hubiera convertido la idea de su madre en un exitoso negocio.

Lo único que a Emily Richards le preocupaba era vengarse del hombre al que acusaba de haberle arruinado la vida.

—Bueno, ¿por fin te has hecho con todo lo que es tuyo?

Todo giraba siempre en torno a la cervecera. Aquel «por fin» le puso de los nervios. Pero no podía olvidar que se trataba de su madre.

—Sí, ya es mío, mamá.

Aquellas palabras deberían llenarlo de satisfacción. Por fin había conseguido lo que se había propuesto. La cervecera Beaumont ya era suya.

Pero entonces, ¿por qué aquella extraña sensación?

Trató de ignorarla. Después de todo, había sido un fin de semana muy largo. Como era de esperar, la rueda de prensa había provocado un verdadero *tsunami* del que tenía que ocuparse. Su único error, mencionar que había un tercer bastardo Beaumont, había amenazado con eclipsar su ascenso al poder.

—Irán a por ti —dijo su madre—. Esos Beaumont no lo dejarán estar. Cuídate las espaldas.

No era la primera vez que Zeb se preguntaba si su madre no sería una paranoica. Ahora sabía lo que no había comprendido de niño, que su padre había comprado su silencio. Pero cada vez más, actuaba como si creyera que sus hermanos fueran capaces de adoptar medidas extremas para asegurar ese silencio.

Su padre, tal vez. Pero en sus investigaciones sobre sus hermanos no había encontrado nada que indicara que fueran proclives a la violencia.

Aun así, sabía que no podría convencer a su madre, por lo que decidió no perder el tiempo.

Llamaron a la puerta y antes de que pudiera contestar, se abrió. Jamal entró cargando con unas cajas. Al ver que Zeb estaba en el teléfono, le saludó con la cabeza y se dirigió rápidamente a la mesa de reuniones y empezó a sacar la comida.

—Lo haré —le prometió Zeb a su madre.

Ni siquiera era una de las mentiras piadosas que solía decirle a su madre para tranquilizarla. Había armado mucho revuelo durante los últimos días, por lo que lo más prudente era ser precavido.

—Tienen que pagar por lo que me hicieron. Y también por lo que te hicieron a ti —añadió su madre a modo de conclusión.

Pero ese no era el asunto. Ninguno de los Beaumont que estaban con vida le había hecho nada. Simplemente lo habían ignorado.

—Tengo que colgar, mamá. Tengo una reunión importante.

Su acento sureño se le marcaba cada vez que hablaba con su madre.

—Te quiero, hijo.

—Yo también te quiero, mamá —dijo, y colgó.

—Déjame adivinarlo —intervino Jamal, mientras disponía la comida de cuatro platos que había preparado—. Todavía no está satisfecha.

—Olvídalo.

Pero la conversación con su madre lo había dejado incómodo.

Durante mucho tiempo, su madre le había hablado de lo que los Beaumont le debían. Le habían arrebatado lo que por derecho era suyo y su deber era recuperarlo. Y si no se lo daban por las buenas, tendría que tomarlo por las malas.

Eso era lo único que le había contado de la familia Beaumont. Nunca le había hablado de su padre ni de su familia. Tampoco le había contado nada acerca del tiempo que había pasado en Dénver ni cómo se habían conocido ella y Hardwick. Cada vez que le preguntaba, ella se negaba a contestar y aprovechaba para darle otro sermón acerca de cómo le habían apartado de lo que por derecho era suyo.

Tenía muchas preguntas y no todas las respuestas. Se estaba perdiendo algo y lo sabía. Era una sensación que no le agradaba, porque por su experiencia en los negocios, el que daba respuestas a las preguntas ganaba mucho dinero.

El intercomunicador sonó.

—Señor Richards, la señorita Johnson está aquí.

Jamal le dedicó una mirada divertida.

—Te había entendido que ibas a comer con el maestro cervecero.

Antes de que Zeb pudiera explicarle nada, la puerta se abrió y apareció Casey.

—Buenos días. He hablado con la cocinera de la cafetería. Dice que no le han pedido que prepare… Ah, hola —dijo al ver a Jamal disponiendo en un plato su famoso asado a la sal.

Zeb reparó en que volvía a vestir la bata blanca con el logotipo de la cervecera Beaumont bordado en la solapa. Llevaba el pelo recogido en una coleta. En conjunto, resultaba una de las mujeres menos femeninas que había conocido nunca. Era incapaz de imaginársela con un vestido, lo que la hacía más misteriosa.

No, no iba a sentirse intrigado por ella, y menos delante de Jamal.

–Señorita Johnson, él es Jamal…

–¿Jamal Hitchens?

Jamal dio un paso atrás y se quedó mirando a Casey con cautela.

–Sí… ¿Me reconoce?

Luego, dirigió una mirada divertida a Zeb, que se limitó a encogerse de hombros.

Estaba empezando a darse cuenta de lo que Zeb ya sabía. No había manera de predecir lo que Casey haría o diría.

–Por supuesto que lo reconozco. Estuvo jugando para la Universidad de Georgia. Era uno de los corredores más rápidos de los Heisman hasta que se destrozó las rodillas, ¿verdad? No sabe cuánto lo sentí.

Jamal la miraba atónito.

–¿Sabe quién soy?

–La señorita Johnson es una mujer con muchos talentos –dijo Zeb, sin molestarse en disimular su sonrisa.

Jamal habría llegado a ser jugador profesional si no hubiera sido por sus rodillas. Pero era extraño que alguien recordara su paso por los Heisman después de tantos años sin jugar al béisbol.

–Me he dado cuenta de que no se la puede subestimar. La señorita Johnson es mi maestra cervecera.

No era fácil meterse en el bolsillo a Jamal, pero era evidente que aquella mujer con bata de laboratorio lo había conseguido.

–¿Qué hace aquí? –preguntó–. Qué bien huele.

Jamal se sonrojó.

—Gracias —dijo, y lanzó una mirada nerviosa a Zeb.

—Jamal es mi mejor amigo —explicó Zeb.

«Es lo más parecido a un hermano que he tenido», estuvo a punto de añadir. Pero se contuvo.

Aunque fuera cierto, el objetivo de hacerse con la cervecera Beaumont era demostrar que tenía una familia, lo aceptaran o no.

—Es mi mano derecha y uno de sus muchos talentos es la cocina. Le he pedido que prepare algunos de mis platos favoritos para la degustación —dijo, y se volvió hacia Jamal, que seguía sin salir de su asombro—. ¿Qué has traído?

—¿Eh, cómo? Ah, la comida. Es un menú degustación.

Era tan extraño oír balbucear a Jamal que Zeb se quedó mirándolo. Hacía mucho tiempo que su pasado deportivo no afloraba en su vida actual. De hecho, Zeb recordó que las pocas veces que alguien lo había reconocido había sido por otros jugadores de béisbol.

Jamal explicó en qué consistía el menú. Además del asado con costra de sal acompañado de patatas, había espaguetis a la boloñesa, *vichyssoise* y su famoso pollo frito. De postre había preparado unos pasteles de chocolate sin harina con azúcar glas, el favorito de Zeb.

Casey contempló el festín que tenía delante y a Zeb le dio la sensación de que no le parecía bien. No sabía qué le hacía pensar así, porque estaba siendo muy correcta con Jamal. De hecho, antes de que Jamal se marchara, insistió en hacerse una foto con él para mandársela a su padre. Al parecer era un gran aficionado a los deportes y, seguramente, también lo reconocería.

Así que Zeb hizo la foto antes de que Jamal desapareciera, sintiéndose halagado a la vez que incómodo.

Entonces, Zeb y Casey se quedaron a solas.

Ella permaneció inmóvil.

—¿Así que Jamal Hitchens es un viejo amigo suyo?

—Sí.

—¿Y también es su cocinero particular?

Zeb tomó asiento en la cabecera de la mesa de reuniones.

—Sí, además de otras cosas —contestó sin dar mayor información.

—No tiene pinta de ser aficionado a los deportes —replicó ella.

—Venga, señorita Johnson. Seguro que ya ha buscado información sobre mí.

Ella volvió a sonrojarse. Le gustaba aquel ligero tono rosado de sus mejillas.

—No recuerdo haber leído que tuviera intereses relacionados con el mundo del deporte.

Zeb se encogió de hombros.

—Quién sabe. Quizá acabe comprando algún equipo y nombre a Jamal director general. Después de todo, el deporte y la cerveza forman una buena combinación.

Casey seguía junto a la puerta, como si estuviera ante un cocodrilo hambriento.

—Bueno, ¿puede saberse qué ha decidido?

—¿Sobre qué?

La vio tragar saliva, traicionada por los nervios. Además, estaba siendo comedida para no decir lo primero que se le pasara por la cabeza.

–Sobre a qué Beaumont quiere parecerse.

Zeb se puso rígido y lentamente dejó escapar un suspiro. No tenía ni idea de si quería parecerse a su padre o a su madre.

Quería descubrir lo que sabía. ¿Sería lo mismo que la imagen pública que proyectaban o habría algo que desconocía? Tal vez su padre había sido el hombre más amable de la tierra o Chadwick fuera tan cruel como Hardwick. No tenía ni idea.

Lo que sí sabía era que la última vez que la había visto había sentido el impulso de besarla. Probablemente había sido por culpa de los nervios. Estaba tan preocupado por la rueda de prensa, que Casey Johnson le había resultado lo más parecido a un rostro familiar en el que encontrar cierta calma. Eso había sido todo.

En aquel momento no se sentía cómodo.

–Quiero ser un Beaumont diferente –dijo, mostrándose seguro de sí mismo–. Tengo mi propio estilo.

Ella se quedó pensativa.

–¿Y qué estilo es ese?

Tenía que admitir que aquella mujer tenía agallas. Cualquier otra persona habría asentido sonriendo y le habría dado la razón. Pero ella no.

–El de un hombre con sus propias ideas sobre el negocio de la cerveza.

–Eso está bien –dijo ella.

Luego, se dirigió hacia la barra.

Zeb la observó apretar el grifo con una mano.

Tenía que dejar de sorprenderse ante su desenvoltura. Era maestra cervecera, por supuesto que sabía tirar una cerveza. Además, no le cabía ninguna duda de que sabía de deportes mucho más que él.

Pero aquello era diferente a observar a un camarero servir una copa de cerveza. Aquellos dedos largos tocaban y apretaban el tirador con movimientos firmes y seguros.

Sin pretenderlo, se preguntó qué más podría sujetar con aquellos dedos, pero al instante apartó aquel pensamiento de la cabeza. No debía dejarse llevar por la atracción que sentía. Aquello solo tenía que ver con cerveza.

Entonces lo miró y una dulce sonrisa asomó a sus labios, como si se alegrara de verlo. Zeb se olvidó de la cerveza y se quedó mirándola fijamente. ¿Sería cierto que se alegraba de verlo? ¿Era capaz de mirarlo y ver más allá del bastardo o del despiadado hombre de negocios?

Zeb carraspeó y se revolvió en su asiento mientras Casey tomaba las copas de cerveza para llevarlas a la mesa. Luego colocó un par de copas ante el asado de carne y otro par ante la pasta. Zeb fue a tomar la copa que tenía más cerca.

—¡Espere! Si quiere hacer esto bien, deje que le guíe en el proceso.

—¿Acaso hay alguna manera más adecuada que otra de beber cerveza? —preguntó él, retirando la mano.

—Señor Richards —dijo ella desesperada—, esto es una degustación. No estamos simplemente bebiendo cerveza. No bebo en horas de trabajo, solo hago pruebas. Eso es todo.

Lo estaba reprendiendo. Era la primera vez que un empleado lo reprendía, y le resultaba divertido.

–De acuerdo –convino tratando de contenerse.

¿Desde cuándo le resultaba difícil contenerse? Estaba acostumbrado a hacerlo.

–Haremos esto a su manera –añadió.

No se había equivocado al decirle a Jamal que no debía subestimar a Casey Johnson.

Casey volvió tras la barra y siguió llenando copas hasta la mitad, veinte en total. Luego, las fue colocando a pares ante cada plato. Durante todo el proceso estuvo callada.

El silencio era una táctica de negociación que nunca había funcionado con Zeb. Pero en aquel momento, estaba empezando a ponerse nervioso solo de verla tan concentrada en lo que hacía. De repente, se sorprendió a sí mismo revelando información.

–Cuatro personas han dimitido del Departamento de Marketing. Tenía razón.

Ella se encogió de hombros, como si tal cosa.

–Dio una buena charla acerca del prestigio familiar y de muchas otras cosas, pero no mencionó que iba a nombrar un nuevo director de Marketing. Eso ha molestado a mucha gente.

¿Estaría ella también molesta? No, no importaba, se dijo. No se dedicaba a los negocios por sentimentalismos, sino por dinero. Bueno, por eso y para vengarse de los Beaumont.

–El puesto estaba vacante y Daniel es muy bueno diseñando campañas. No tengo ninguna duda de que todo lo que ha aprendido en política es aplicable al mundo de la cerveza.

Pero incluso al decir aquello, no pudo evitar preguntarse por qué sentía la necesidad de justificar sus decisiones empresariales.

Era evidente que ella pensaba lo mismo.

—Eh, no tiene que darme explicaciones, aunque hubiera sido buena idea habérselas dado al Departamento de Marketing.

Probablemente tenía razón, pero no quería admitirlo, así que cambió de táctica.

—¿Qué me dice de su departamento? ¿Hay alguien que piense que soy la gota que colma el vaso?

Al hacer la pregunta, se dio cuenta de que quería saber si ella pensaba así.

¿Qué le estaba pasando? Nunca le había importado lo que pensaran sus empleados. Lo único que le había preocupado era que supieran hacer su trabajo y que lo hicieran bien. Resultados, eso era lo único que siempre le había interesado. Aquello era un negocio, no una encuesta de popularidad.

O así había sido, pensó mientras Casey sonreía al tomar asiento.

—Mi gente está nerviosa, pero es natural. A la gente que lleva en este oficio tanto tiempo no le gustan los cambios. Confían en que todo vuelva a ser como antes —comentó mirándolo a los ojos—. O al menos, que haya una nueva normalidad. Pero no, no hay nadie que haya presentado su renuncia.

Una nueva normalidad. Aquello le gustó.

—Bien. No quiero que vuelva a estar falta de personal.

Casey se quedó inmóvil y carraspeó. Cuando volvió a mirarlo, sintió que el suelo se movía bajo sus pies. La estaba mirando con lo que parecía una expresión de agradecimiento. ¿Por qué deseaba tanto contar con su aprobación?

—Gracias —dijo ella—. Quiero decir que ser propietario de la compañía es un derecho que le corresponde por nacimiento, pero este sitio...

Su voz se quebró y miró a su alrededor con algo que Zeb supo reconocer muy bien: añoranza.

Era como si estuviera viendo a una mujer diferente, mucho más joven e idealista. ¿Cómo habría conseguido aquel empleo, por mediación de su padre, de un tío o de algún amigo de la familia? Tal vez se había irrumpido en la empresa, decidida a conseguir un trabajo, y no había aceptado un no por respuesta.

Tenía la sensación de que había sido así.

Quería saber qué estaba haciendo allí, qué significaba aquel lugar para ella y por qué se había arriesgado tanto para defenderlo. Porque ambos sabían que la podía haber despedido ya. Estar unos días sin maestro cervecero podía ser un problema, pero todos los problemas tenían solución.

Sin embargo, no la había despedido. Le había desafiado y eso le había gustado. Le agradaba que no se asustara de él, aunque no tenía sentido. El miedo y la intimidación eran armas que empleaba con frecuencia para conseguir lo que quería, de la manera que quería. Casi todos los demás empleados de la compañía habían reculado al leer sus circulares y sus comunicados, pero no aquella empleada.

—Bueno —dijo Casey, dejando claro que no iba a acabar su frase anterior—. Empecemos.

Sacó una tableta del bolsillo de la bata y se sentó a la izquierda de Zeb. Luego, se dispusieron a probar las diez cervezas, una detrás de otra.

—Mientras degusta cada una —añadió sin mirarlo—, piense en todos los sabores que percibe en la lengua.

Él carraspeó.

—¿Sabores?

Casey le dio una copa y tomó otra para ella.

—Tomar cerveza no es solo beber hasta emborracharse —susurró, y alzó una copa para observar el líquido al trasluz.

Zeb sabía que debía hacer lo mismo, pero no podía. Era incapaz de dejar de observarla.

—Beber cerveza tiene que satisfacer cada uno de los sentidos. Todos los detalles tienen su importancia. ¿Qué sensación le produce el color? ¿A qué huele? ¿Cómo afecta el aroma al sabor? ¿Qué siente en la boca?

Se llevó la copa a los labios, pero no bebió. En vez de eso, cerró los ojos e inspiró. Luego abrió los labios y, fascinado, Zeb la observó tomar un sorbo. Por su expresión, parecía satisfecha. Una vez tragó, suspiró.

—Puntuaremos cada cerveza del uno al cinco.

¿Era consciente de lo sensual que se la veía en aquel momento? ¿Tendría el mismo aspecto cuando se quedara satisfecha en la cama? Si le acariciaba la mejilla para hacerle levantar la barbilla y besar sus labios, ¿se lo permitiría?

—¿Señor Richards?

—¿Qué?

Zeb volvió de su ensimismamiento y se encontró con Casey mirándolo fijamente.

—¿Está preparado?

—Sí.

Había creído que estaba preparado para hacerse cargo de aquella compañía, pero hasta aquel momento no había sabido si estaba listo para tratar con alguien como Casey Johnson.

Tenían que trabajar, probar cada cerveza y darle una puntuación. Zeb consiguió concentrarse en degustar la cerveza, que estaba muy buena. No podía seguir mirando a su maestra cervecera como si fuera un corderito. Él era Zeb Richards.

—Siempre me ha gustado más la Rocky Top —dijo Zeb señalando una copa—. Pero la Rocky Top Light me sabe a agua sucia.

Casey frunció el ceño al oír aquello y anotó algo en su tableta.

—No puedo discutírselo porque estoy de acuerdo. Aun así, sigue siendo la que más se vende entre las mujeres de entre veintiuno a treinta y cinco años, y siempre ha generado un gran volumen de ventas.

Aquello era interesante.

—¿Es la cerveza estrella entre las mujeres y a usted no le gusta?

Casey alzó la vista. Era evidente que no le había agradado su pregunta y la ignoró.

—La gente toma cerveza por diferentes razones —respondió en tono diplomático mientras volvía a tomar notas—. No quiero sacrificar el sabor por algo tan superficial como las calorías.

—¿Puede mejorarla?

Aquello atrajo su atención.

—Llevamos usando la misma receta desde la década de mil novecientos ochenta. ¿Quiere que la modifiquemos?

A pesar de que lo estaba deseando, evitó echarse hacia delante. En vez de eso, mantuvo la distancia que los separaba.

—Todo se puede mejorar, ¿no le parece? No me gusta quedarme anclado en el pasado —sentenció, y nada más decir aquello, se preguntó si era cierto—. Quizá quiera experimentar para mejorar la receta de la cerveza baja en calorías.

Casey le sostuvo la mirada y sus labios se curvaron en una sonrisa. Le resultaba inquietante lo mucho que disfrutaba desafiándola.

—Está bien, lo haré.

Siguieron probando el resto de cervezas y, tal y como le había anunciado, no se sentía mareado lo más mínimo. Al final, mientras se comían los pasteles de chocolate, Zeb se echó hacia delante.

—¿Qué nos falta?

Casey tomó la copa de la Rocky Top y apuró lo que le quedaba.

—Mire, nuestra actual línea de productos está… bueno, digamos que es correcta.

—¿Correcta? —preguntó él enarcando una ceja.

—Sí, correcta. Cuando perdimos Cervezas Percherón, perdimos las variedades con sabores más fuertes como la IPA y la negra, y también las de temporada. Lo que tenemos ahora es una gama básica. Me encantaría volver a tener una o dos variedades destacables para tener donde elegir —dijo con una expresión nostálgica en su rostro—. Aunque es difícil ver eso aquí.

—¿Qué quiere decir?

–Mire, fíjese en esto –dijo señalando los restos de la comida–. La mayoría de la gente que bebe nuestra cerveza no lo hace en un despacho privado, degustando un delicioso menú de cuatro platos. Suelen beber cerveza durante los partidos, en el sofá y probablemente con una hamburguesa.

De repente, la sensación que había tenido al principio de que no le agradaba todo aquel despliegue, se intensificó.

–¿Qué me dice de usted? ¿Cuándo suele beber cerveza?

–¿Yo? Tengo un abono para ver a los Rockies. Mi padre y yo vamos a todos los partidos que podemos. ¿Ha ido alguna vez a ver alguno? –preguntó, y él negó con la cabeza–. Pues debería. He aprendido mucho de lo que le gusta a la gente en los puestos de los estadios, sobre todo hablando con los chicos que las sirven.

–¿En los estadios? –dijo, y ella asintió al verlo dubitativo–. Puedo conseguir un palco.

Casey puso los ojos en blanco.

–Así no es como le gusta a la gente beber cerveza. Mire, mañana hay un partido a las siete contra los Braves. Mi padre no puede ir. Si quiere, puede usar su entrada. Venga conmigo y entenderá mejor lo que le estoy diciendo.

Se quedó mirándola fijamente. No parecía estarle tirando los tejos, claro que nunca se había excitado tanto viendo a una mujer beber cerveza. No había nada típico en aquella mujer.

–Lo dice en serio, ¿verdad?

–Claro.

Le daba la sensación de que tenía razón. Había

pasado muchos años aprendiendo en la distancia sobre el negocio de la cerveza. Si iba a dirigir aquel negocio, como así lo tenía pensado, necesitaba entender no solo a los empleados sino a los clientes también.

Además, los Braves eran su equipo y, por encima de todo, era la oportunidad de ver a Casey fuera del trabajo. De repente, aquello le pareció vital. ¿Cómo sería cuando no llevaba aquella bata blanca? No debería desear saberlo, pero así era.

—Será una… salida de trabajo.

Por un momento, Casey había abierto los ojos, asustada, y se había sonrojado. Zeb recordó que no estaba en un bar tomándose una copa con una chica guapa. Estaba en la cervecera de la que era presidente, y tenía que comportarse como tal.

—Considérelo un estudio de campo —sentenció Zeb como si fuera lo que había pensado desde el principio.

Ella carraspeó.

—Sí, un estudio de mercado *in situ* —convino, y posó su mirada sobre su impecable traje—. Y trate de pasar desapercibido.

Zeb le dirigió una mirada severa, pero ella ni se inmutó.

—De acuerdo, mañana a las siete.

—Puerta C —dijo recogiendo la tableta—. Hablaremos entonces.

Él asintió y se quedó mirándola mientras se marchaba. Una vez cerró la puerta después de salir, sonrió.

Le gustase a Casey o no, iban a tener una cita.

Capítulo Seis

Casey no sabía qué le esperaba mientras esperaba junto a la puerta C. Le había dicho a Richards que tratara de pasar inadvertido, pero era incapaz de imaginárselo sin su impecable traje de chaqueta. Solo porque fuera la personificación de la gracia y el estilo masculino, no había razón para no dejar de pensar en su jefe.

Además, nunca le habían atraído los tipos trajeados. Le iban más los hombres sencillos, los que disfrutaban viendo partidos con una buena cerveza.

Aunque le hubieran interesado los tipos trajeados, nunca iría tras un hombre como Richards, y no porque fuera afroamericano. Había buscado información sobre él en internet y en una de las escasas fotografías que había encontrado, aparecía con una mujer llamada Emily Richards en Atlanta, en el estado de Georgia, a las puertas de una peluquería llamada Doo-Woo and Pop. El parecido entre ellos era evidente, así que debía de ser su madre.

El que no le interesaran hombres como Richards no tenía nada que ver con su raza y sí con el hecho de que era demasiado intenso para ella. No había dejado de mirarla fijamente durante la comida de degustación. La situación le había resultado demasiado perturbadora y no quería que se repitiera en su tiempo libre. Bastantes emociones tenía ya en el trabajo. Por eso siempre le habían atraído hombres de pocas aspiraciones, con los que se lo pasaba bien un fin de semana y poco más.

Así que lo tenía claro: no le interesaba alguien como Richards.

—¿Casey?

Se volvió y no se encontró con un hombre trajeado, pero tampoco con alguien que pasara desapercibido. Ante ella estaba Zeb Richards, con una camiseta blanca con mangas tipo raglán rojas. También le parecía que llevaba un sombrero y unos vaqueros, pero era incapaz de apartar los ojos de su pecho. La camiseta le resaltaba el cuerpo y la boca se le quedó seca.

Trató de apartar la vista y lo más lejos que llegó fue a sus bíceps.

Cuando se le bloqueó el pensamiento, todo lo que tuvo fue una respuesta física. Los pezones se le endurecieron y se sonrojó, como si fuera una muchacha inocente que viera por primera vez el cuerpo de un hombre. Aquella reacción la dejó temblorosa, y fue incapaz de apartar la vista. Tuvo que hacer acopio de toda su fuerza de voluntad para evitar alargar la mano y tocar aquel pecho que estaba mirando.

—¿Casey? ¿Hola?

—¿Qué? Ah, sí, hola —dijo, y agitó las entradas.

—¿Le pasa algo a mi camiseta?

Bajó la vista y tiró del borde de la camiseta para mirarse el hacha de guerra de los Braves que llevaba dibujada. Al hacerlo, el cuello de la camiseta se bajó y Casey entrevió sus clavículas.

No tenía ni idea de que unas clavículas pudieran resultar tan sexys. Iba a ser una noche muy instructiva y no había hecho más que empezar. ¿Cómo iba a ser capaz de pasar el resto de la velada sin babear por aquel hombre?

Aquello no era una cita. Era su jefe, por el amor de Dios.

—Eh, no. Es solo que me ha sorprendido verlo aparecer con una camiseta del equipo contrario.

Por fin fue capaz de alzar la vista y mirarlo a la cara. Estaba sonriendo como si supiera exactamente el efecto que le había provocado. Ese era otro motivo por el que no le gustaban los hombres como él. Eran demasiado arrogantes.

—Eso es todo —continuó—. No es la manera de pasar desapercibido.

Estaba segura de que estaba tartamudeando.

—Ya sabe que soy de Atlanta. ¿A quién pensaba que iba a animar? —dijo, y la miró de arriba abajo, haciéndola estremecer—. No tengo nada morado —añadió al volver a encontrarse con sus ojos.

Contuvo el deseo de adoptar una pose más sensual. Aquello no era una cita. Le daba igual lo que pensara de su apariencia.

—Eso tiene arreglo —dijo, señalando hacia un puesto de venta de camisetas—. O no. Aun así, es mejor que un traje. Venga, tenemos que entrar si queremos tomarnos una cerveza antes de que empiece el partido.

Zeb miró a su alrededor. Había gente con gorras y camisetas moradas entrando al estadio y alguno lo miraba con curiosidad.

—Estamos es su terreno. La sigo.

Casey se dirigió hacia los torniquetes y Zeb hizo amago de acercarse a uno en el que había menos fila, pero ella lo tomó del brazo.

–Por aquí –dijo ella, guiándolo hacia el puesto de Joel.

–¿Por qué?

–Ya lo verá.

Ante aquella enigmática respuesta, Zeb le dirigió una mirada severa. Pero que no resultaba tan autoritaria como si hubiera vestido traje y corbata y hubieran estado en la cervecera. Más bien al contrario, casi resultaba adorable.

Aquello no estaba bien. No podía considerar a Zebadiah Richards adorable, ni interesante, ni… nada.

La fila avanzó rápidamente.

–¡Casey! Aquí está mi chica.

–Hola, Joel –dijo inclinándose para darle un abrazo al viejo.

–¿Dónde está Carl? –preguntó Joel, fijándose en Zeb detrás de ella.

–Tenía una reunión del sindicato. ¿Quién crees que va a ganar hoy?

Siempre tenía la misma conversación con Joel en cada partido.

–¿De veras me lo preguntas? Los Braves están muy flojos esta temporada.

Entonces reparó en la camiseta de Richards y su sonrisa se tornó en un gesto de desaprobación, antes de echarse hacia delante y tomar un par de llaveros de promoción.

–Llévale uno a tu padre. Sé que los colecciona.

–Gracias, Joel. Y saluda a Martha de mi parte.

Joel también entrego un llavero a Richards.

—Buena suerte —le susurró.

Cuando se hubieron alejado unos metros, Richards se volvió hacia ella.

—Ahora entiendo lo que decía de pasar inadvertido. ¿Quiere quedarse con esto? —preguntó ofreciéndole el llavero.

—Con dos me basta. Déselo a Jamal —dijo guiándolo hacia su puesto de cerveza favorito—. Por cierto, ¿dónde está Jamal? Pensé que vendría con usted.

No sabía si preferiría que Jamal hubiera ido. Si lo hubiera hecho, no se habría fijado tanto en Zeb. Después de todo, tres eran multitud.

Aun así, se alegraba de que Zeb hubiera ido.

Esta vez, se quedó detrás esperando a que se colocara en la fila de las cervezas.

—Todavía está deshaciendo las maletas.

Había seis personas delante de ellos. Aquel partido estaba lejos de ser un éxito de taquilla.

—¿De verdad se ha mudado a vivir aquí?

—Claro —contestó mirándola de reojo—. Lo dije en la conferencia de prensa.

Avanzaron un puesto. Casey no estaba dispuesta a reconocer que no había prestado atención a lo que había dicho.

—¿Dónde van a vivir?

—He comprado una casa en Cedar Avenue. La escogió Jamal porque le gustó la cocina.

—¿Se refiere a la mansión que hay junto al club de campo? ¿La ha comprado? —preguntó sorprendida.

—¿La conoce?

Lo había dicho como si tal cosa, como si comprar la casa más cara de Dénver fuera lo más natural.

Claro que tal vez para él lo fuera. ¿Por qué se sorprendía tanto? Alguien como Zeb Richards podía gastar diez millones de dólares en una casa sin pararse a pensar en ello.

—Sí, la conozco. A mi padre lo contrataron hace un par de años para hacer unos arreglos. Me contó que era una casa increíble.

—Supongo que sí.

No parecía muy convencido, así que antes de que Casey pudiera preguntarle qué era lo que no le gustaba de la casa, siguió hablando.

—¿A qué se dedica su padre? Por cierto, tengo que pagarle la entrada.

—No se preocupe —dijo sacudiendo una mano en el aire—. Tenía una reunión con el sindicato. Es electricista. Hace muchos trabajos en casas antiguas, ya sabe, reformas y cambios de cableados antiguos.

Los labios de Zeb se curvaron en una peligrosa sonrisa.

—¿Qué? —dijo Casey poniéndose a la defensiva.

Si no se defendía de aquella sonrisa, no estaba segura de qué pasaría, pero desde luego que no sería nada bueno.

—Nada. Es solo que no deja de sorprenderme —respondió, y avanzaron otro puesto en la fila—. ¿Qué vamos a pedir?

—Teniendo en cuenta que este es el campo de los Coors, no tenemos muchas opciones en lo que a cerveza se refiere. Solo hay de la marca Coors.

–¡No! –exclamó sorprendido–. ¿Hacen cerveza?

Se quedó mirándolo.

–Está de broma, ¿no? ¿Pretende hacerse el gracioso?

Oh, no, de nuevo aquella sonrisa.

–Depende. ¿Ha funcionado?

«No, bueno, sí, pero no».

No, no podía permitir que se comportara con naturalidad. Se trataba de una salida de trabajo y no podía olvidarse que se trataba de su jefe.

–Señor Richards…

–Venga, Casey –la interrumpió–, vamos a tomarnos una cerveza de la competencia. No estamos en el trabajo, estamos en un partido. Y llámame Zeb.

Era una mujer de principios. Llevaba doce años trabajando en la cervecera Beaumont y durante ese tiempo nunca había tenido una relación con un compañero. Había tenido que sortear en muchas ocasiones la fina línea que separaba el flirteo inocente del acoso sexual, pero una vez que se había ganado su sitio, todo aquello había desaparecido.

¿Pero aquello? ¿Llamar a Richards por su nombre de pila? ¿Tomarse una cerveza con él en un partido? ¿Quedarse mirando descaradamente sus pectorales bajo la camiseta? ¿Oírle las bromas?

No era tan imperturbable. Aquello, más que una salida de trabajo, empezaba a parecer una cita.

Llegaron hasta el cajero.

–¡Casey!

Marco la saludó chocando los cinco por encima del mostrador.

Sentía a Zeb detrás de ella. Aunque no la estaba rozando, sentía un cosquilleo en la piel.

—Marco, ¿qué es lo último?

—Por fin han llegado.

Marco señaló un cartel de neón que colgaba sobre su cabeza y que anunciaba que servían cervezas Percherón.

Casey soltó un silbido.

—Tenías razón.

—Te lo dije —continuó—. Han llegado a un acuerdo. ¿Quieres probar algo nuevo? Su *pale ale* es buena. ¿O es que acaso, como trabajas para la competencia no te está permitido? He oído que tienes un nuevo jefe, otro de esos locos Beaumont. O mejor dicho, dos —dijo sacudiendo la cabeza—. ¿Crees que los Beaumont sabían que su hermano o hermanastro, o lo que sea, iba a hacerse con la compañía? Dicen que lo tenían todo planeado y que…

Casey tuvo que contenerse para evitar mirar a Zeb. Estaba segura de que en aquel momento no sonreía.

—Apuesto a que ha sido una sorpresa también para ellos —comentó, deseosa de cambiar el tema de conversación—. Dame esa *pale ale* y…

—Nachos con extra de jalapeños, ¿verdad? —preguntó el joven, y le guiñó un ojo—. Enseguida.

—Sí, toda una sorpresa —susurró Zeb junto a su oído.

Su inesperada cercanía la sobresaltó. Justo entonces, Marco volvió con su pedido.

—Aunque tengo que decir —continuó Marco—, que me agrada ver a un hermano ahí arriba. Me refiero a que es negro, ¿verdad?

A su espalda, Zeb emitió un sonido parecido a la risa.

—Eso es lo de menos —dijo Casey, dándole el dinero de su consumición—, siempre y cuando podamos seguir haciendo cerveza de calidad.

—Me gusta eso de ti, Casey, eres una mujer que aprecia la buena cerveza. ¿Todavía puedes casarte conmigo, sabes?

Estaba segura de haber oído un gruñido de Zeb.

No era la clase de sonido que un jefe emitiría mientras un empleado charlaba con... Bueno, Marco vendía cerveza. En cierto sentido, era un colega.

Por vez primera, Marco reparó en el seguidor de los Braves que estaba detrás de ella.

—Ven a verme más tarde —le dijo Marco, mirando con cautela a Zeb.

—Por supuesto. Y pídele a Kenny que me traiga una cerveza negra después del tercer tiempo, ¿de acuerdo?

Tomó los nachos y la cerveza y se hizo a un lado. Fue entonces cuando se dio cuenta de que Zeb no había apartado los ojos de ella.

Su intensa mirada le provocó un escalofrío. La miraba como si... No sabía muy bien cómo describirlo. Tampoco estaba segura de querer saberlo porque ¿y si era capaz de leer sus pensamientos.

¿Y si se daba cuenta de la atracción que sentía por él?

Aquello era una mala idea. Estaba en una cita con el nuevo presidente, que se mostraba divertido y ocurrente, bebiendo cerveza de la competencia y...

Zeb la miró mientras pagaba su pedido y volvió a sonreír con calidez.

Estaba en serios apuros.

Capítulo Siete

Zeb siguió a Casey hasta los asientos e intentó mantener la vista en el vaivén de la coleta que asomaba bajo la gorra de los Rockies en vez de en su trasero.

Aquello estaba siendo todo un desafío, ya que su trasero era un paisaje digno de contemplación. Llevaba unos vaqueros ajustados que marcaban cada una de sus curvas. ¿Cómo no se había dado cuenta antes?

Debía de haber sido la bata lo que no le había dejado ver a la mujer. Era una joven brillante con caderas y curvas, agradable con todos, y que se sentía como en casa en un bastión masculino como era un estadio de béisbol.

¿Quién habría dicho que daba igual si Zeb era blanco o negro?

Casey se dio la vuelta de repente y desvió la mirada a su rostro.

–Aquí –dijo señalando una fila de asientos casi vacía–. Los nuestros son el nueve y el diez.

Estaban a ocho filas de la primera base, justo detrás de la caseta.

–Es un sitio estupendo –le dijo–. Lástima que no me haya traído mi guante.

Ella resopló mientras avanzaban por la fila.

–Hay que estar atento a la bola. Nunca se sabe.

Zeb se abrió paso hasta el asiento nueve. Apenas había gente a su alrededor, pero tenía la sensación de que de haber habido, todos habrían conocido a Casey.

—¿Qué has pedido?

—Una *lager* de Percherón.

—Esa es una buena cerveza.

—¿Ah, sí? —dijo ofreciéndole el vaso—. Pruébala.

Se quedó mirándolo unos segundos antes de llevarse el vaso de plástico a la boca. Fascinado, se quedó observando cómo separaba los labios y daba un sorbo.

Zeb sintió que la temperatura de su cuerpo aumentaba y el pulso se le aceleraba. La cosa fue a peor cuando la vio pasarse la lengua por los labios para disfrutar de la última gota de cerveza.

Contemplar a Casey Johnson beber cerveza era toda una experiencia.

Ansioso no era una palabra que lo definía. La ansiedad implicaba una falta de control, lo que llevaba aparejado errores estúpidos y consecuencias inesperadas. Él no era una persona ansiosa. Era metódico, detallista y cuidadoso, siempre lo había sido.

Pero en aquel momento deseaba que aquellos labios bebieran de él como había bebido la cerveza. Quería sentir su lengua por los labios con aquella lenta intensidad. Y si eso le hacía estar ansioso, pues tendría que aceptarlo.

Así que, lentamente, giró el vaso y puso los labios en el mismo sitio en el que habían estado los de ella. La mirada de Casey se oscureció al verlo beber.

–Tienes razón –dijo, deleitándose con el sabor de la cerveza y de Casey en su lengua–. Es una buena cerveza.

Ella contuvo el aliento y se sonrojó. Luego, avanzó hacia él. Podía haberse apartado o haberse dado la vuelta, haber hecho algo por poner distancia entre ellos. Podía haberle dejado claro que no quería nada con él.

Pero no lo hizo. Ella también sentía la conexión que se había establecido entre ellos. Sus labios se abrieron ligeramente y se inclinó hacia delante, lo suficiente como para que pudiera saborearlos.

El golpe del bate y los gritos de la multitud lo devolvieron a la realidad. La cabeza le daba vueltas como si se hubiera tomado varias cervezas.

–¿Han marcado? –preguntó Casey, tratando de disimular su confusión.

Luego se apartó y se sentó derecha en su asiento.

Zeb contuvo aquel arrebato de deseo. Estaban en un lugar público. Aquello no era propio de él. Nunca le habían atraído las mujeres como Casey, tan interesada en aficiones masculinas. Él prefería mujeres cultas y refinadas, elegantes y atractivas, aquellas que representaban lo que llevaba toda la vida intentando alcanzar.

Integradas y reclamadas, pertenecían a los mejores círculos sociales.

Las mujeres que le gustaban nunca se sentarían junto a la primera base ni se interesarían por pillar una pelota al vuelo. Tampoco se pararían a distinguir los matices de una buena cerveza, ni hablarían orgullosas de un padre electricista, ni se pondrían una gorra de béisbol.

Pero Casey era una mujer de armas tomar que seguramente lo superaba en muchos aspectos. Nada en ella debería resultarle atractivo.

Pero entonces, ¿por qué no podía dejar de mirarla?

Era incapaz de retirar la vista de ella.

—¿Quieres probar la mía? Participé en su elaboración.

Se acercó a ella y esperó a que le llevara el vaso a los labios, incapaz de apartar los ojos de los suyos. La vio contener la respiración al acercar la lengua al borde, antes de echar ligeramente hacía atrás el vaso y sentir el líquido amargo en su garganta.

No era la primera vez que bebía cerveza, pero estaba siendo toda una experiencia. Había algo en el sabor del lúpulo en su boca que era como si la estuviera saboreando a ella.

—Es muy buena. Así que participaste en su elaboración.

—Así es. Percherón era…

—No pasa nada por pronunciar el nombre de Chadwick tres veces. Ni que fuera a aparecer por arte de magia. Conozco la historia de la compañía.

—Sí, claro —dijo ella sonrojándose—. Percherón era una idea de Chadwick, y cuando la desarrolló yo llevaba diez años en la compañía y me dejó participar en el proyecto. Yo era asistente del maestro cervecero cuando… —su voz se quebró y volvió la vista al campo antes de concluir—, cuando tuvo que dejar el cargo.

Zeb se quedó pensativo unos segundos.

—¿Por qué no te fuiste con él?

—Porque lo hizo el maestro cervecero y Chadwick quería ocuparse personalmente de la cerveza. Percherón es una compañía mucho más pequeña.

Zeb reconoció una nota triste en su voz. Era evidente que le habría gustado marcharse con su anterior jefe.

Casey se volvió hacia él con una amplia sonrisa en los labios.

–Además, si me hubiera ido de la empresa –continuó–, seguiría siendo asistente del maestro cervecero. Ahora soy maestra cervecera de la tercera cervecera del país porque he aguantado más que todos los demás. No es la mejor manera de conseguir un ascenso, pero sí es efectiva.

–¿Eso era lo que querías?

Parecía satisfecha consigo misma, y Zeb sintió que el pulso se le aceleraba un poco más.

–Sí, era lo que quería.

A pesar de su interés por los deportes y la cerveza, Zeb admiraba la ambición de aquella mujer. No todo el mundo valía para ser maestro cervecero, y menos aún siendo una mujer joven.

Pero Casey sí, y había conseguido su objetivo.

Zeb dio un largo sorbo a su cerveza.

–Así que la línea de Cervezas Percherón era tu sueño dorado.

–Era el de Chadwick, yo era el Igor de su Frankestein.

Zeb rio con ganas. No solía reírse así. Era presidente de una compañía y le gustaba infundir terror en sus enemigos.

Claro que en aquel momento estaba en un partido de béisbol, disfrutando de una cerveza y de la compañía de una mujer guapa. Además, el tiempo era agradable y su equipo no iba mal. Todo era simplemente perfecto.

—Lo que quiero es que vuelvas a disfrutar haciendo cervezas como las Percherón.

A pesar de que no estaba mirando a Casey, sintió que se ponía rígida.

—¿Qué?

—Tengo entendido que Chadwick creó la línea Percherón para competir con el auge de las cervezas artesanales. Pero la perdimos porque se la llevó. No quiero darme por vencido en ese terreno, al menos no todavía. ¿Te gustaría experimentar con nuevas cervezas? Eso es lo que me gustaría que hicieras.

Se volvió hacia él una vez más. Se la veía exultante. Quizá fuera tan solo la puesta de sol, aunque no lo creía. Parecía contenta, y era él el que había conseguido aquella expresión en su cara.

—Gracias —dijo en voz muy baja—. Cuando llegaste, pensé que…

Él sonrió. Había pensado muchas cosas y, al parecer, pocas de ellas buenas.

—¿Puedes guardar un secreto? —pregunto él.

Casey sonrió.

—¿Cuántas veces vas a preguntarme lo mismo?

—No soy mal tipo —dijo ignorando su pregunta—, pero no se lo cuentes a nadie.

Ella hizo el gesto de cerrar una cremallera sobre sus labios y lanzar la llave al aire.

Al fondo, se estaba jugando un partido. Le gustaban los deportes, pero tenía preguntas. Había aprendido algo sobre la clase de hombre que era su hermanastro, pero era tan solo la punta del iceberg.

La magia del momento se rompió. Se relajaron y siguieron viendo el partido. Después de la tercera entrada, un hombre canoso se acercó con una cerveza negra para Casey. Zeb no esperaba aquel nivel de servicio, y menos aún con los colores del equipo contrario. Después de probar la cerveza estrella de su segundo mayor competidor decidió que era... correcta. Así era como Casey había descrito las cervezas de su propia compañía.

Un hecho que tuvo que reconocer cuando Casey le dio a probar su cerveza negra.

–Va a ser difícil de superar –dijo, y suspiró mientras ella daba un largo sorbo.

Por primera vez, tuvo dudas de lo que estaba haciendo. Había dedicado años a conspirar y maquinar para hacerse con lo que le correspondía por nacimiento. Él era un Beaumont y quería asegurarse de que todo el mundo lo supiera.

Pero allí sentado, tomando una de las cervezas de su hermanastro...

Una vez más, recordó lo que no tenía. Chadwick había pasado décadas aprendiendo sobre el negocio de la cerveza. Por su parte, Zeb sabía mucho de negocios, pero no lo había aprendido con su padre.

–No tenemos por qué superarlas –dijo Casey, dándole una palmada en el brazo–. A menos que...

–¿A menos que qué?

Casey se quedó mirando su vaso medio vacío.

–A menos que pretenda destruir Cervezas Percherón.

¿Era su manera de preguntarle si esa era su intención? La pregunta tenía sentido.

–Eso sería demasiado –continuó Casey mirando a su alrededor–. No sé cuánta gente estaría de acuerdo. Me refiero en la fábrica. Podría haber muchas dimisiones.

Posiblemente, ella sería uno de los empleados que no se mostraría de acuerdo y dimitiría. Se iría a otra parte porque su lealtad estaba con la familia Beaumont.

De nuevo, no pudo evitar preguntarse cómo había llegado tan alto en su carrera siendo tan joven. Era maestra cervecera de la tercera fábrica de cervezas del país. Aunque no conociera los detalles de la historia, había una verdad que no se podía negar: era quien era porque los Beaumont le habían dado una oportunidad.

Estaba dispuesta a dejar su trabajo ideal si se veía obligada a elegir entre la cervecera Beaumont y Cervezas Percherón.

Aquella idea le hizo sentirse incómodo. Aunque intentara convencerse de que así eran los negocios, de que se trataba de una batalla entre dos compañías por hacerse con el mercado, nada de eso era del todo cierto.

Si la obligaba a elegir entre los Beaumont y él, seguramente los elegiría a ellos.

–Durante una época, quise acabar con ellos –dijo en voz baja.

Ella levantó la cabeza.

–¿Cómo?

–Solía odiarlos. Ellos lo tenían todo y yo no tenía nada.

Tan solo una madre amargada y una cabeza para los negocios.

–Pero fíjate en ti ahora –dijo mirándolo fijamente–. Eres rico y poderoso, y todo lo has conseguido solo. Algunos de esos Beaumont me caen bien, y no me malinterpretes, pero son un desastre. Créeme, he estado cerca de ellos lo suficiente como para saber que su imagen pública no se corresponde con la realidad. Phillip estaba hecho un lío, Chadwick quemado y Frances... Lo que quiero decir es que aunque lo han tenido todo, no por eso han sido felices.

Sacudió la cabeza y se acomodó en su asiento.

De repente, Zeb comprendió que debía hacerle entender que aquello no tenía nada que ver con sus hermanos. Ahora era un adulto y sabía cosas que no había sabido de niño, como que sus hermanos eran más pequeños que él y que probablemente solo conocían de Hardwick Beaumont lo mismo que el resto del mundo.

–Casey –dijo, y al mirarlo, se dio cuenta de lo nerviosa que estaba–. Iba a decir que los odiaba, pero no. ¿Por qué? No los conozco y dudo que supieran de mí antes de la rueda de prensa. No he venido a destruirlos. Es suficiente con tener la cervecera.

Casey se quedó observándolo, y Zeb se revolvió en su asiento. ¿Qué estaría viendo, al hombre que le había proporcionado un negocio a su madre y un buen trabajo al amigo al que tanto apreciaba? ¿Al hijo que nunca había conocido a su padre? ¿Al niño rechazado por su familia, que no era ni negro ni blanco, sino que ocupaba un terreno de nadie? ¿A un impostor dispuesto a hacerse pasar por un Beaumont?

No quería saber qué estaba pensando. Porque de repente, la opinión de Casey Johnson se había convertido en algo importante para él y no quería saber si contaba con su aprobación.

Así que cambió de tema rápidamente.

—Cuéntame —dijo tratando de mostrarse indiferente—. ¿Te pasa muy a menudo?

Ni siquiera sabía por qué entrada iban. El marcador decía que por la cuarta.

—¿El qué, que un jefe me diga que es un buen tipo?

Zeb apuró su cerveza antes de contestar.

—Me refiero a ese tipo que te ha tirado los tejos.

—¿Quién, Marco? Me tira los tejos cada vez que me ve. Y teniendo en cuenta que tengo abono…

—¿Qué le parece a tu padre?

Ella lo miró de reojo.

—En primer lugar, Marco siempre está de broma. En segundo lugar, mi padre puede ser muchas cosas, pero no es mi guardián. Y por último, ¿qué más te da?

—No, si no me importa —respondió rápidamente—. Es solo que quiero saber más de la persona que mantiene a flote mi compañía.

Casey resopló justo al terminar la siguiente entrada.

—Venga, vamos —dijo levantándose.

Dejaron sus asientos y se dirigieron a los puestos de comida. Zeb se pidió una cerveza negra y Casey una *porter*. Marco le tiró los tejos con absoluto descaro y esta vez, Zeb se fijó en Casey. Ella sonrió y bromeó, pero no prestó la misma atención al joven que antes. Tampoco se sonrojó ni se aproximó a Marco.

No había conexión, a pesar de que se mostraba simpática con aquel hombre. La diferencia entre esa mujer y la que se había sonrojado durante el partido, la que se había acercado a él con las pupilas dilatadas y con la palabra deseo escrita en su rostro, era abismal.

Cargados con más cervezas y nachos regresaron a sus asientos. Zeb no recordaba la última vez que se había tomado una tarde libre. No habían dejado de hablar de cerveza y de la competencia, pero aun así, se lo estaba pasando bien.

Se había tomado tres cervezas y, aunque no estaba borracho, era la primera vez en mucho tiempo que se sentía tan relajado. Llevaba meses a la espera de que cada pieza encajara en su sitio, y no se había parado a disfrutar de todo lo que había conseguido.

Aunque había algo de lo que había dicho Marco que no le dejaba relajarse del todo.

—¿Iba en serio lo que has dicho?

Quizá estuviera más afectado de lo que pensaba.

—¿Sobre qué?

—Eso de que daba igual que fuera blanco o negro.

Nunca pasaba desapercibido. Siempre le consideraban exótico porque a pesar de tener una madre afroamericana tuviera los ojos verdes, o por ser negro y parecer un matón. Nunca era simplemente un empresario. Siempre era un empresario negro.

Era algo que los blancos nunca se paraban a pensar. El caso era que siempre tenía un obstáculo

94

más que sortear. Para él, cometer un error era un lujo que no podía permitirse.

Tampoco se quejaba. Había aprendido muy pronto que nadie regalaba nada en la vida, ni su padre, ni su familia, ni nadie. Todo lo que siempre había querido, se lo había tenido que ganar él. El ser un empresario negro lo había convertido en un buen negociador y en un avispado inversor.

Había querido hacerse con la cervecera y con la legitimidad que conllevaba. Había pretendido la aprobación de su padre y, por consiguiente, quería que el resto de la familia Beaumont supiera quién era.

Él era Zebadiah Richards y no quería que lo ignorasen.

Aunque Casey no lo estaba ignorando. Volvió a mirarlo y, por segunda vez aquella noche, parecía estar viendo en él más de lo que hubiera querido.

Vaya, debería haberse quedado callado.

—Dímelo tú, ¿importa?

—No debería.

Por encima de todo, quería que así fuera.

Ella se encogió de hombros.

—Entonces, no importa.

Tenía que dejarlo estar. Había conseguido su triunfo y, además, ¿qué más daba si al mirarlo veía un ejecutivo negro o simplemente un ejecutivo? Incluso qué más daba que viera algo más que un ejecutivo.

Pero no se había regodeado en su pequeño triunfo. Necesitaba saber si hablaba en serio o simplemente le decía palabras amables porque era su jefe.

—Así que dices que no importa que mi madre haya trabajado los últimos treinta y siete años como peluquera en un barrio negro de Atlanta, ni que haya ido a una universidad tradicionalmente de negros, ni que haya perdido negocios por no ser lo suficientemente blanco.

No había sido su intención decir todo aquello. Pero peor que se fijaran en el color de su piel le resultaba que la gente le dijera que no veía color. Sabía que la intención era buena, y lo cierto era que no importaba. Había hecho su primera fortuna comercializando una línea de productos capilares para afroamericanos pudientes que había alcanzado un gran éxito en el mercado. Cuando la gente decía que no veía color, realmente no lo veían como a un negro.

Ser afroamericano formaba parte de él y, por alguna razón, quería que ella lo comprendiese.

Tenía toda su atención en aquel momento. Lo estaba mirando fijamente y sintió que los músculos se le tensaban.

—¿Acaso quieres que nuestra cerveza sepa negra de repente?

—No seas ridícula, aunque puede que ampliemos nuestra cuota de mercado.

Ella ladeó la cabeza.

—Lo único que me importa es la cerveza.

—¿De veras?

Casey suspiró.

—Déjame que te pregunte una cosa. Cuando tomas una cerveza Rocky Top, ¿su sabor te resulta femenino?

—Estás siendo ridícula.

Ella le dirigió una mirada severa, que probablemente se merecía.

—Es que no sé qué quieres que te conteste. Por

supuesto que importa porque es tu vida, es quien eres. Pero no puedo reprochártelo, aunque de todas maneras, ¿por qué iba a hacerlo? Tú no lo pediste. No puedes cambiarlo al igual que tampoco puedo cambiar el hecho de que mi madre muriera en un accidente de coche cuando tenía dos años y me dejara esto –dijo señalándose la cicatriz de la mejilla–. Mi padre me crio lo mejor que pudo, y de ahí la cerveza, los deportes y el que yo misma cambie el aceite de mi coche. Ambos venimos de unos entornos peculiares, pero bueno, aquí estamos y nos gusta la cerveza. Que se acostumbren –añadió sonriendo.

Todo a su alrededor desapareció. Ni siquiera respiró. No estaba seguro de que el corazón le estuviera latiendo. No oía el partido ni los gritos de los seguidores.

Todo su mundo se había concentrado en ella. Lo único que veía, oía y sentía era a Casey. La tenía muy cerca. Sus codos y rodillas se rozaban.

¿Alguna vez le había dicho alguien tanto? No, ni siquiera su madre. Lo más importante era precisamente lo que no era: ni era un Beaumont, ni era legítimo, ni era blanco.

Algo en su pecho se descomprimió, algo que no sabía que llevara tanto tiempo reteniendo y que le hizo sentir paz.

Apenas reparó en el sonido de un golpe y luego oyó a Casey gritar.

–¡Cuidado!

Zeb reaccionó sin pensar. Volvió la cabeza y vio una bola dirigiéndose directamente hacia él. Alzó los brazos y recogió la bola a escasos centímetros del hombro de Casey.

El impacto de la bola en la mano le dolió.

–Maldita sea –maldijo y sacudió las manos, mientras el público lo aplaudía–. Eso ha dolido.

Casey se volvió hacia él, impresionada. Una sensación desconocida se estaba apoderando de él, pero no sabía muy bien qué era ni si quería saberlo.

–Has atrapado la bola sin guantes –dijo ella con voz entrecortada.

Entonces, antes de que Zeb pudiera hacer nada, se miró la mano. Lentamente, tomó la bola y se quedó mirando su palma enrojecida. Suavemente, le acarició la piel.

–¿Te ha dolido?

Aquella sensación desconocida quedó enterrada bajo algo mucho más sencillo de reconocer: deseo.

–No demasiado.

Tenía la ligera sensación de que no estaba siendo del todo sincero. Le dolía bastante, pero con ella acariciándole la mano, todo le parecía maravilloso.

Y más que le pareció cuando se llevó su mano a los labios y le besó la palma.

–¿Quieres que vayamos a por hielo o… ?

Esa alternativa que había dejado en el aire le sonó estupenda.

–Solo si tú quieres. Eliges tú.

No estaba hablando de hielo ni de cerveza ni de béisbol.

Deslizó el pulgar por su mejilla y ella se dejó acariciar. Luego lo miró a los ojos y, Zeb pensó que había ido demasiado lejos, que la había malinterpretado y que saldría corriendo igual que había salido disparada de su despacho el primer día.

Pero no lo hizo.

—Vivo a una manzana de aquí —dijo Casey con un ligero temblor en la voz—, si es eso lo que necesitas.

¿Qué necesitaba? No era una pregunta sencilla. En aquel momento, la necesitaba a ella.

Por primera vez en mucho tiempo, Zeb se quedó sin palabras, algo extraño en él. En lo que a mujeres se refería, siempre había sabido qué decir y cuándo decirlo. Al haber crecido en una peluquería, había tenido la oportunidad de aprender lo que las mujeres querían, lo que necesitaban y cuándo ambas cosas coincidían y cuándo no. Más de una novia le había dicho que era sutil. Y lo era, sutil a la vez que frío, distante y reservado.

Pero en aquel momento no se sentía así. Lo único que sentía era la corriente que se había establecido entre la piel de ella y la suya.

—Necesito recuperar la calma —dijo, consciente de que no era la frase más sutil que hubiera pronunciado nunca.

Pero no se le ocurrió nada más en aquel momento. Sentía palpitaciones en la mano, la sangre le ardía en las venas y tenía una potente erección. Todo en él estaba caliente y tenso y, aunque no era inocente, todo le resultaba extraño y novedoso, porque era así como Casey le veía.

No sabía qué iba a pasar. Aunque lo único que hiciera fuera llevarlo a su casa y ponerle hielo en la mano, le parecía bien. No quería ser el tipo de siempre.

—Ven conmigo —le dijo Casey,

Y eso mismo deseó hacer.

Capítulo Ocho

¿De veras estaba llevando a Zeb Richards a su apartamento?

Sí, así era. De la mano, se estaban alejando del estadio, así que no había ninguna duda de lo que estaba pasando.

Aquello era una locura. No debería estar llevándolo a su apartamento ni dándole la mano, y mucho menos debería estar pensando en lo que ocurriría cuando llegaran.

Pero así era. Estaba deseando quitarle aquella camiseta y acariciarle los músculos y…

Zeb entrelazó los dedos con los suyos y tiró de ella para que se acercara. Estaba más caliente de lo que había imaginado.

Casey tragó saliva y trató de recordar otras locuras que hubiera cometido. Entrar en la cervecera y pedir trabajo había sido algo bastante atrevido. También estaba el romance de verano con aquel jugador de los Rockies. Pero a mitad de temporada se había marchado a Seattle y sus caminos no habían vuelto a cruzarse. Aquello había sido salvaje y muy divertido.

Pero nada igualaba el hecho de llevar al nuevo presidente de la cervecera Beaumont a su casa. Tampoco sabía muy bien cómo había pasado. Estaban hablando, o más bien coqueteando inocentemente, cuando le había contado el accidente de coche en el que su madre había muerto. De repente, había atrapado una bola antes de que la golpeara, y todo había cambiado.

Y en aquel momento estaba camino a casa con su jefe. Pero no era el hombre frío trajeado y con nervios de acero que había anunciado en rueda de prensa que era uno de los hijos ilegítimos de Beaumont. Aquel hombre era fascinante, pero no era el que le estaba dando la mano.

Era a Zeb al que llevaba a casa, el hijo de una peluquera al que le gustaba el béisbol y que no la miraba como si fuera uno de sus amigotes.

Probablemente se arrepintiera más tarde, pero en aquel momento no le importaba. Zeb la estaba mirando y se sentía atractiva, sensual, deseable y muy femenina. Quería disfrutar de aquello aunque solo fuera por un rato.

Llegaron al edificio de su apartamento y le condujo al ascensor. Allí, de la mano, se sentía fuera de lugar. Aquella era la parte que no se le daba bien. Mientras habían visto el partido, cerveza en mano, todo había ido sobre ruedas. Habían hablado y flirteado, había sido ella misma. Pero cada vez que deseaba sentirse atractiva y deseada por un hombre, se quedaba bloqueada. No era una sensación agradable.

Las puertas del ascensor se abrieron y entraron en la cabina. Casey apretó el botón del quinto piso y la puerta se cerró. A continuación, Zeb la bloqueó con su cuerpo, pero no la tocó ni la besó.

—Dime que no te he interpretado mal —dijo con voz grave y seductora.

101

Ella se estremeció y esbozó una medio sonrisa. Zeb alzó la mano como para acariciarle la cara, pero no lo hizo.

–Casey…

Aquella podía ser su escapatoria, si quería. Podía preguntar algo sobre su mano y ahí acabaría todo.

–No, no te equivocas –susurró.

Entonces la tocó. La tomó de la mejilla y la hizo echar la cabeza hacia atrás.

–¿De veras te importo? –le susurró–. ¿O estás aquí solo por la cerveza?

Si Casey hubiera pensado en un momento así, nunca se lo habría imaginado de aquella manera. De haberlo hecho, habría supuesto que Zeb la habría empujado contra la pared o el escritorio y la habría tomado sin más preámbulos. No tenía nada en contra de ese tipo de seducción. De hecho, era una de sus fantasías.

Pero aquella ternura… No sabía muy bien cómo interpretarla.

–Mañana, en el trabajo, será por la cerveza –dijo, y cerró los ojos.

No quería pensar en las normas de la compañía que estaba a punto de saltarse. Sintió que Zeb se ponía rígido y se apartaba un poco de ella.

Ah, no, no estaba dispuesta a permitir que se marchara, cuando lo tenía justo donde quería. Lo rodeó con sus brazos por el cuello y lo atrajo hacia ella.

–Pero ahora mismo no estamos trabajando, ¿no?

–Cierto –convino él–. En el trabajo, nada. Pero fuera del trabajo…

Sus cuerpos se amoldaron el uno al otro y entonces la besó. No fue un roce suave de labios, sino una manera de tomarla. El calor de su boca la abrasó.

—Dime qué es lo que quieres —dijo Zeb, y empezó a descender con los labios por su cuello.

Aquello era una locura, la mejor de las locuras. Estar con alguien tan atractivo y masculino como Zeb Richards era toda una fantasía.

—Dime... —comenzó Casey.

Justo entonces, el ascensor se detuvo y se abrieron las puertas. Se le había olvidado que todavía no había llegado a su apartamento.

Zeb se apartó mientras Casey buscaba las llaves. Con un poco de suerte, aquella sería la última interrupción durante al menos una hora. Rápidamente, lo condujo por el pasillo.

—No es gran cosa —se excusó, sintiéndose nerviosa de nuevo.

Su estudio no tenía nada que ver con las viejas mansiones de Dénver.

Abrió la puerta y Zeb la siguió. Una vez dentro, la tomó de las caderas.

—Me gusta lo que veo —dijo Zeb—. Bonitas vistas.

Por su tono de voz, era evidente que no se estaba refiriendo al apartamento.

Zeb tiró de la camisa para quitársela y, sin querer, le dio un golpe a la gorra de Casey, que se quedó colgando de la coleta. Entre risas, ella le ayudó a quitársela.

—¿Qué me estabas preguntando? —le susurró junto al cuello.

Casey se estremeció.

–Dime…

Quería explicarle cuánto quería sentirse deseada, pero temía parecer desesperada. Además, aquello no concordaba con su fantasía de un encuentro salvaje. Así que se contuvo, siempre se contenía.

–… qué es lo que vas a hacerme –concluyó.

En el pasado, aquella frase le había funcionado siempre con los jóvenes fanfarrones que llevaba a casa.

Pero con Zeb no. Se había quedado detrás de ella y le estaba acariciando la espalda. Ni siquiera había intentado desabrocharle el sujetador. Lo único que estaba haciendo era acariciarla.

Tampoco tenía ninguna queja de la manera en que estaba acariciándola. Cerró los ojos y se dejó llevar por la sensación.

–Todavía no me has dicho qué es lo que quieres. Podría ayudarte a explicármelo, pero necesito saber qué quieres que haga primero. Por ejemplo… –dijo, y se enrolló la coleta en la mano para hacerla apoyarse en el pequeño mostrador de la cocina–. Podría tomarte ahora y aquí mismo, y hacerte gritar cuando te corrieras –añadió deslizando una mano por la costura de los vaqueros.

Con gran precisión, hizo presión en su punto más sensible.

–Ah –jadeó, retorciéndose contra su mano.

Sentía palpitaciones allí donde la estaba tocando. Luego, tiró de la coleta y la hizo ladear la cabeza para mordisquearle el cuello. Con un ligero movimiento de muñeca, a punto estuvo de hacerla caer de rodillas.

—Oh, Zeb.

De repente, se quedó quieto.

—Claro que quizá no te guste tan brusco –añadió, retirando las manos de la coleta y del pantalón, y volvió a acariciarle los hombros–. Tal vez prefieras que te seduzca lentamente y que empiece a besarte por aquí…

Deslizó los labios por su cuello y le tomó los pechos con las manos. Luego las deslizó hasta los vaqueros y ella arqueó la espalda, ofreciéndose a él.

—… y por aquí, hasta que no puedas soportarlo más.

De nuevo, se detuvo.

¿Qué estaba pasando? En el pasado, cuando le había pedido a alguien que empleara lenguaje obsceno, enseguida se había vuelto grosero. Y no era que el sexo fuera malo, era bueno y le gustaba, pero…

Le hacía sentir como si eso fuera lo mejor que podía conseguir. No era guapa ni dulce ni femenina, pero tan directa, que lo mejor que conseguía de un hombre cuando se quedaba desnuda era sexo rápido.

De repente, se dio cuenta de que eso no era lo que quería, y mucho menos de él.

—Quizá quieres ser tú la que lleve la voz cantante –continuó él con voz profunda y su inconfundible acento sureño.

Aquella voz dulce y melosa incitaba al pecado. La obligó a darse la vuelta y se quedó apoyado en la encimera, acorralado por ella. Zeb dejó caer las manos y se quedó mirándola con sus bonitos ojos verdes.

Sentirse observada por Zeb Richards le producía una sensación muy intensa.

—Quizá debería apartarme y dejar que me enseñes qué es lo que quieres. ¿Qué prefieres?

A pesar de que parecía muy tranquilo y al mando de la situación, Casey vio cómo un músculo de su mentón se tensaba a la vez que un escalofrío le recorría el cuerpo. Bajó la mirada a sus pechos, al sujetador morado que siempre llevaba cuando su equipo jugaba en casa, y le vio hacer acopio de una enorme fuerza de voluntad.

Se dio cuenta de que Zeb estaba esperando. Era su turno, así que le quitó la gorra y la arrojó al aire. Él se inclinó hacia ella, pero no la tocó.

—¿Qué me dices de ti, qué quieres? —preguntó ella.

Él sacudió la cabeza, sonriendo con picardía.

—Tengo una norma. Si tú no me dices qué quieres, no voy a dártelo. Nada de señales equívocas ni de adivinanzas. No quiero correr el riesgo de equivocarme.

Aquello no estaba funcionando. No estaba acostumbrada a tanta charla porque no se le daba bien. Solo servía para evidenciar lo incómoda que se encontraba en temas como la seducción y el romanticismo, aspectos que otras mujeres llevaban con más naturalidad.

Agradecía su interés en asegurarse de que ella estuviera de acuerdo con aquello, pero no quería pensar. No quería que cada paso tuviera que ser negociado. Quería dejarse llevar para poder sentir, aunque fuera tan solo por un rato, que era atractiva, sensual y cálida.

Nunca podría disfrutar de aquella fantasía si tenía que explicar lo que quería, porque no podía fingir lo que no era.

Así que todo aquello conducía a una única conclusión: se había acabado la charla.

Casey se echó hacia delante y tomó el borde de su camiseta. Con un movimiento rápido, tiró de ella hacia arriba y se la sacó por la cabeza antes de dejarla caer al suelo. Justo entonces, no solo dejó de hablar sino de pensar también porque el pecho de Zeb era un paisaje digno de contemplar. La camiseta no mentía, y comenzó a acariciar aquellos músculos.

—Casey…

Zeb estuvo a punto de dejar escapar un gemido al sentir su mano acariciando su piel desnuda y deslizándose hacia abajo. Al llegar a los músculos abdominales, contuvo la respiración y se aferró con tanta fuerza a la encimera que Casey vio sus brazos temblar.

—Me estás matando, preciosa.

Aquello le gustaba más, pensó Casey. Quizá no fuera una mujer seductora, pero no podía negar que había una fuerte energía sexual entre ellos que era incapaz de controlar.

Así que decidió controlarla. Se agarró a la cintura de sus vaqueros y tiró de sus caderas hacia ella. Después, empezó a desabrocharle los botones de la bragueta. Su pecho prometía muchas cosas y quería comprobar si el resto también.

—¿Qué quieres oír? —le preguntó él con aquella voz cálida y sensual.

«Dime que soy bonita».

Pero no podía decir aquello porque sabía lo que pasaría. Si se lo pedía, él lo haría y probablemente sonara tan bien que se lo creería. Después de todo, pensó mientras lo acariciaba por encima de los calzoncillos, ¿qué hombre no lo diría estando a punto de acostarse con ella?

Ya había pasado por esa situación antes. Quizá resultara atractiva en el momento del acaloramiento, pero en cuanto pasara, su supuesta belleza también se desvanecería. Entonces se volvería a poner su ropa y volvería a ser de nuevo uno más de los amigotes.

No quería que le dijera que era atractiva ni sensual ni ninguna de esas cosas. Quería que se lo hiciera creer en aquel momento, al día siguiente y durante alguna semana más. Eso era algo que nadie había conseguido.

Así que tiró de la cinturilla de los calzoncillos y lo liberó. Zeb jadeó.

Casey se quedó boquiabierta.

—Oh, Zeb —dijo tomándole con ambas manos su miembro erecto.

Luego lo acarició lentamente en toda su longitud y volvió al punto de partida.

—Estoy impresionada.

Él empujó entre sus manos, pero incluso aquel movimiento era controlado.

Estaban en la cocina, desnudos de cintura para arriba, y ella lo estaba acariciando sin que él la tocara. La intensidad de su mirada era suficiente para hacerla estremecer de deseo porque sus avances estaban dando resultado.

Pero no era suficiente, necesitaba más.

–Adelante, si te quieres unir.

–Lo estás haciendo muy bien tú sola –dijo, y tomándola por la nuca, la atrajo hacia su pecho.

Sintió su calor abrasador y deseó quemarse.

–Deja de reprimirte.

Aquello sonó a orden, pero ¿qué se suponía que debía hacer? Si se estaba conteniendo por algún motivo de caballerosidad, era el momento de que se lo aclarara.

Tenía que decirle lo que quería, al fin y al cabo, se lo había pedido él. Pero no quería parecer triste, así que recurrió a una frase que ya había empleado en otras ocasiones.

–Tienes lo que quiero –dijo apretando su miembro con fuerza–. Ahora, enséñame qué puedes hacer con ello.

Hubo un momento de duda, la calma antes de la tormenta, pensó. La mirada de Zeb se oscureció y tensó los dedos en su nuca.

Entonces, reaccionó. Hizo girarse a Casey y la subió a la encimera, separándole las piernas para colocarse entre ellas. Pasó tan rápido que se sintió mareada. Era lo que necesitaba en aquel momento. Necesitaba sentir sus labios en la boca, en el cuello, en los pechos. Necesitaba que le desabrochara el sujetador de la suerte y gemir de deseo cuando lo dejara caer al suelo.

–Maldita sea, Casey, mírate –dijo en un tono casi reverencial.

Casey cerró los ojos mientras le rozaba con los dedos los pechos, antes de acariciarle suavemente los pezones.

–Sí, oh, sí.

Zeb se agachó para mordisquearle los pezones, antes de chuparlos con fuerza. Luego, deslizó una mano por su espalda y la hizo colocarse al borde de la encimera, rozándola con su potente erección. Solo les separaban los vaqueros.

—Esto es lo que quieres, ¿verdad? —dijo Zeb embistiéndola—. Quieres que te tome aquí mismo, sobre la encimera, porque no puedes esperar a que te lleve a la cama.

Cada palabra iba acompañada de una embestida, que ella recibía con gemidos que le eran imposibles de contener.

—Sí —replicó buscándolo con sus caderas.

Zeb estaba anulando sus sentidos. No quería pensar, tan solo dejarse llevar por aquellas sensaciones.

—Me pregunto si podría morderte aquí —dijo deslizando la lengua por un hombro—, o por aquí —añadió lamiéndole el pecho izquierdo—, o por aquí.

De pronto se puso de cuclillas y mordisqueó su muslo izquierdo. A pesar de que apenas sentía sus dientes a través de los vaqueros, no pudo evitar estremecerse de deseo.

—Elijo la opción D: todas las anteriores.

—Mírate —repitió él, levantándose.

Casey contuvo la respiración mientras le desabrochaba el botón del pantalón y le bajaba la cremallera.

—Prefiero mirarte a ti —replicó levantando una cadera y después la otra para que pudiera quitarle los pantalones—. Eres el hombre más atractivo que he conocido nunca.

Puso las manos en sus hombros y luego las deslizó por sus brazos. No había un gramo de grasa en él. Iba a tener que cambiar su opinión sobre los hombres trajeados, pensó mientras la despojaba completamente de los vaqueros.

—No puedo esperar más —susurró él junto a su oído.

El ansia que percibía en su voz la hizo estremecerse una vez más. Zeb le apartó un poco las bragas y la acarició con su miembro.

—¿Tomas algo, tienes alguna medida de protección?

—Tomo la píldora —contestó arqueando las caderas hacia las suyas.

En aquel momento se sentía deseada. La acarició con un dedo y jadeó. Quizá no fuera imponente ni sensual, pero era capaz de volver loco de deseo a un hombre.

—Ahora, por favor Zeb, ahora.

No tuvo que pedírselo dos veces. Enseguida se colocó junto a su entrada.

—Estás lista para mí. Dios mío, mírate.

Pero no la penetró. En vez de eso, se quedó mirándola.

Casey apartó su inseguridad mientras la contemplaba. Sabía que no se parecería a sus amantes. Un hombre como él podía elegir a cualquier mujer. Ni siquiera sabía por qué estaba allí con ella, más que por el hecho de que estuviera disponible.

—¿Por qué te paras? No pares.

—¿Es eso lo que quieres? ¿Que sea brusco y rápido?

—Zeb.

Lo rodeó con las piernas por las caderas y trató de que se hundiera en ella. Al ver que no conseguía su objetivo, lo abrazó por la cintura y clavó las uñas en su espalda.

Aquello lo hizo posible. Con un gemido de deseo, empujó y la penetró hasta el fondo.

–¿Es esto lo que quieres?

Parecía a punto de perder el control. Casey deslizó las uñas por su espalda, pero no para arañarlo. Él salió y volvió a hundirse en ella, esta vez más rápido y con más fuerza.

–Sí, más –dijo, y echó la cabeza hacia atrás ofreciéndole sus pechos–. Necesito más.

Sin romper el ritmo, él se agachó y se metió uno de sus pezones en la boca.

–Más –pidió.

Estaba a punto de correrse. Tan solo necesitaba rebasar el límite.

–Me gustan las mujeres que saben lo que quieren.

Chupó con fuerza el pezón, haciéndole sentir un ligero dolor en medio de tanto placer.

–Oh, Dios.

Era incapaz de decir nada mientras su boca se afanaba en ella y se hundía una y otra vez.

El orgasmo la hizo sacudirse con tanta fuerza que no pudo ni gritar. No podía respirar y mucho menos pensar. Tan solo podía dejarse llevar por las sensaciones. Era todo lo que había deseado desde que irrumpió en su despacho y lo vio por primera vez.

Zeb soltó su pecho y hundió el rostro en su cuello, embistiéndola con más fuerza cada vez. Casey volvió a sentir sus dientes, tal y como le había anunciado. Entonces metió las manos entre ellos y con el pulgar le apretó el clítoris mientras se hundía en ella con fuerza. Esta vez, Casey gritó. El orgasmo la hizo sacudirse y la dejó como una muñeca de trapo mientras él la embestía una última vez y se quedaba inmóvil. Sus hombros se hundieron y la atrajo hacia él.

—Dios mío, Casey, ha sido increíble.

Casey se sintió orgullosa y suspiró. Aquello era suficiente. Podría disfrutar de aquello tan increíble todos los días de la semana.

Pero Zeb tuvo que echarlo a perder. Se echó hacia atrás y esbozó una sonrisa de incredulidad.

—Debería haber imaginado que a una mujer como tú le gustaba el sexo duro.

No quiso sentirse decepcionada porque, ¿qué era lo que había esperado? No era guapa, ni atractiva, ni sensual, ni sexy. Era divertida y estaba disponible, tan solo eso.

Así que hizo lo que siempre hacía. Puso una sonrisa amable y lo empujó para que saliera de ella.

—Siempre es divertido ser una sorpresa —dijo, sintiendo cómo se encogía en su interior—. Ahora, si me disculpas...

Se apresuró a ir al baño y cerró la puerta.

Capítulo Nueve

¿Qué demonios acababa de pasar? ¿Qué había hecho?

Zeb miró a Casey, desnuda y sonrojada, sentada al borde de la encimera y mirándolo como si no supiera cómo habían llegado tan lejos.

Bueno, ya eran dos. Se sentía como si estuviera saliendo de una densa niebla.

Acababa de hacerla suya sobre la encimera. ¿Había habido algún tipo de seducción preliminar? Trató de pensar, pero fue incapaz. Se sentía como si tuviera resaca. Era como si hubiera perdido el control.

Y eso no le gustaba.

Nunca perdía el control, nunca. Disfrutaba con el sexo y las mujeres, pero aquello…

–Si me disculpas –dijo Casey, bajándose de la encimera.

Lo miró arqueando una ceja como si lo estuviera retando, aunque era incapaz de adivinar cuál era el reto.

Aquello no era bueno. Al verla marcharse desnuda, con tan solo un par de bragas moradas que seguramente iban a juego con el sujetador, su pulso trató de recuperar su ritmo normal. Se sintió tentado a seguirla por el apartamento porque, si el sexo había sido fantástico en la cocina, ¿cómo sería en la cama?

Se horrorizó al percatarse que no solo había pensado aquello, sino que había dado un par de pasos tras ella. Se detuvo y se dio cuenta de que llevaba los vaqueros caídos. Se subió los calzoncillos y luego se abrochó el pantalón, sin dejar de intentar recuperar la lógica.

¿Qué demonios le pasaba? Él no era así. Ni siquiera se había puesto un preservativo. Recordaba que le había dicho que tomaba la píldora. ¿Cuánto había bebido? Tan solo tres cervezas.

Aun así, recordaba haber hecho algo que asociaba a emborracharse en un bar: irse a casa con una mujer y tener sexo salvaje y desenfrenado con ella.

Se pasó la mano por la cara, pero no consiguió nada, así que se acercó al fregadero y se lavó la cara con agua fría. La mano, la razón por la que habían ido a su casa, le seguía doliendo y la dejó bajo el chorro de agua fría.

El sexo desenfrenado no estaba bien, pero peor era haberse acostado con su maestra cervecera. No dejaba de ser una empleada de la cervecera Beaumont, la compañía que acababa de adquirir tras muchos años deseándolo y que estaba empeñado en hacer más productiva.

Ni siquiera podía decir que se había llevado a Casey a la cama. Tan lejos no habían llegado.

Volvió a lavarse la cara con agua fría, pero no le sirvió de nada.

Necesitaba pensar. Acababa de hacer algo que nunca había hecho y no sabía muy bien cómo tomárselo. Sabía que no era extraño que jefes y empleados tuvieran aventuras, pero también era consciente de los problemas que eso acarreaba.

Conocía varias empresas que se habían ido a pique tras una aventura entre dos adultos que deberían habérselo pensado antes dos veces. Y, hasta aquella noche, nunca se había dejado llevar por aquella clase de atracción.

Pero eso había sido antes de conocer a Casey. Con ella, debería haber sido más sensato y, evidentemente, ella también.

Zeb encontró papel toalla y se secó la cara. Luego recogió su camisa y se la puso. No tenía ni idea de dónde estaba su gorra, pero tampoco le importaba.

Había perdido el control y se había dejado llevar por la situación con una empleada.

No volvería a pasar. Era la única conclusión razonable. Sí, el sexo había sido increíble, pero la posición de Zeb en la cervecera todavía no se había afianzado. No podía poner en peligro sus planes por sexo, aunque hubiera sido el mejor sexo que había tenido jamás.

Un escalofrío lo recorrió. ¿Qué le estaba pasando?

Por algún sitio del apartamento oyó abrirse la puerta del cuarto de baño. Tenía que salvar la situación. Estaba seguro de que, antes de que se quitaran la ropa, ella había comentado algo sobre que aquello no podían hacerlo en el trabajo. Si no recordaba mal, ella también era consciente de lo peligrosa que era la situación en la que se encontraban.

Así que se dio media vuelta para mirarla y explicarle de forma racional y calmada que, por maravilloso que hubiera sido lo que habían compartido, no volvería a pasar.

Pero no pudo hacerlo porque lo que se encontró, lo dejó sin aliento.

Casey llevaba puesta una bata de seda corta atada a la cintura y se había soltado el pelo. La melena caía en ondas sobre sus hombros y tuvo que contener el deseo de acariciarla y atraerla hacia él.

Una semana antes no la habría considerado guapa, pero, en aquel momento, con la claridad que se filtraba por las ventanas, le parecía la mujer más hermosa que había visto jamás.

Estaba en apuros y todo empeoró cuando le sonrió. No era la sonrisa cálida y amable que había dedicado a unos y otros durante el partido. Esta resultaba más íntima y estaba dedicada solo a él.

Y, de repente, desapareció.

—¿Puedes pasarme el sujetador? —le preguntó con el mismo tono de voz con el que había bromeado con el tipo de la cerveza.

—Claro.

Todo iba bien, ¿no? Era justo lo que quería. Lo último que necesitaba era que le dijera que se había enamorado de él.

—Gracias.

Recogió la camiseta y los vaqueros, y volvió a desaparecer.

—¿Quieres que volvamos para ver el final del partido? —preguntó desde algún rincón del apartamento.

Zeb se quedó inmóvil. Sí, no quería que se pusiera cariñosa, pero después de lo que acababa de pasar…

Se estaba comportando como si no hubiera ocurrido nada entre ellos, como si no hubieran estado flirteando toda la tarde y hubieran acabado teniendo el mejor sexo de su vida.

–Eh…

¿Qué le estaba pasando? Primero, había perdido el control y luego había decidido que aquello fuera un asunto de una única vez. Ella, no solo parecía estar de acuerdo con considerarlo una simple aventura, sino que parecía indiferente. ¿Y eso le molestaba? No debería ser así, pero sí, le molestaba.

–Creo que debería volver al estadio –dijo, y apareció con el mismo aspecto que cuando la había visto por primera vez aquella tarde.

Llevaba el pelo recogido en una coleta, debajo de la gorra, y llevaba la suya en la mano.

Era como si no le hubiera dejado huella alguna.

Entonces, la vio tragar saliva mientras le tendía la gorra.

–Esto no afectará a mi trabajo –dijo con atrevimiento.

Aquello le hizo sentirse mejor. Después de todo, le había dejado marca.

–No cambia nada –convino él–. Sigues a cargo de la cerveza y sigo queriendo que des con una nueva línea de productos.

«Y todavía te deseo».

Pero no lo dijo en voz alta. Su mensaje estaba claro. Era evidente que no quería más caricias ni más deseos.

–De acuerdo, estupendo –dijo ella forzando una sonrisa.

En su vida había estado en una situación tan extraña después de tener sexo.

–Creo que me voy a ir a casa –anunció Zeb, tratando de mostrarse tan indiferente como ella.

Nada más decir aquello, advirtió que la expresión de sus ojos cambiaba y supo que le había hecho daño.

Aquello no era lo que quería. Por un momento le había hecho sentir algo que no pensaba que fuera capaz de sentir, y el sexo había sido magnífico. Al menos, debía mostrarse agradecido, así que, aunque no fuera una buena idea, dio un paso hacia ella y entrelazó los dedos con los suyos.

–Gracias –susurró–. Sé que no podemos volver a hacerlo, pero me lo he pasado muy bien esta noche.

–¿De veras?

Estaba claro que no le creía.

–Sí, el partido, la cerveza y… –dijo y carraspeó–. Ha sido fantástico. Todo –añadió y le dio un apretón antes de soltarla y apartarse–. Confío en que esto quede entre nosotros.

No era lo más adecuado, pero tampoco sabía muy bien qué decir para poner fin a aquella situación.

–Por supuesto. No me gusta ir por ahí contando intimidades.

–Estoy deseando ver qué se te ocurre –dijo dirigiéndose hacia la puerta–. Me refiero al trabajo.

–Claro, nos veremos en la fábrica.

Nada más cerrar, le pareció oír un suspiro de decepción.

Se había preguntado qué veía en él cada vez que lo miraba.

En aquel momento, deseó no saber la respuesta.

119

***

Todo podía haber sido peor.

Su equipo había ganado, había tomado algunas cervezas Percherón disfrutando de recuerdos y le habían dado permiso para que experimentara con nuevos tipos de cerveza, que serían obra suya y solo suya. Nada de eso estaba mal.

Excepto por la parte en que se había acostado con su jefe y había tenido los orgasmos más intensos de su vida. Deseaba más y con él. Tomar cervezas durante un partido, volver a casa paseando y dedicar más tiempo a explorar su cuerpo con el suyo. Pero sabía que nada de eso se iba a repetir.

Casey apenas pisó la zona de oficinas de la cervecera, y no porque estuviera evitando a Zeb, sino porque estaba concentrada en su trabajo.

Bueno, no era del todo cierto. Sí que estaba evitándolo, porque era lo mejor. Además de estar supervisando las líneas de producción, estaba contratando y formando al nuevo personal, y conteniendo el impulso de darle con un martillo al tanque número quince porque la maldita máquina se negaba a funcionar.

Pero además de todas aquellas preocupaciones diarias, había otras dos que la mantenían ocupada constantemente. En primer lugar, había dado con varias cervezas nuevas. Tenía las muestras en los tanques de fermentación. Quería que fuera algo completamente distinto a lo que se hacía en la cervecera Beaumont.

Por otro lado, también estaba Zeb, al que trata-

120

ba de evitar a toda costa y al que no quería volver a ver.

Sí, los orgasmos habían sido increíbles y se había divertido yendo con él al partido. Tampoco podía pasar por alto que era el hombre más impresionante que había visto nunca, llevara traje o no.

Pero eso no significaba que quisiera volver a verlo. ¿Por qué iba a hacerlo? Había cumplido con todo lo que había esperado de él. Se había mostrado encantador y le había hecho disfrutar de un sexo estupendo. Pero nada más.

Quería que fuera diferente y lo era, eso no se podía discutir. Era más inteligente, ambicioso y rico que cualquier hombre que se hubiera cruzado en su camino. Y eso, sin incluir las diferencias raciales.

Pero también quería que fuera diferente en otros aspectos. Se sentía estúpida porque sabía que aquello era culpa suya. Le había pedido que le dijera lo que quería y no lo había hecho. Sabía por experiencia que a los hombres no se les daba bien leer la mente. Así que confiar en que Zeb adivinara por arte de magia que lo que necesitaba era sentirse atractiva, guapa y deseada, sin decírselo, había sido injusto para ambos.

No comprendía qué le pasaba. ¿Por qué no pedirle lo que quería? ¿Por qué le costaba tanto decirle que lo que quería era que la sedujera susurrándole palabras bonitas junto al oído, que en lugar de sexo rápido lo que quería eran velas, ropa interior sexy y champán en vez de cerveza? Quería cosas bonitas, quería sentirse bonita.

Al menos una cosa estaba clara: nunca lo conseguiría si no lo pedía. Se lo tomaría como una lección. La próxima vez que un hombre le pidiera que le dijera lo que quería, se lo diría. Sería difícil e incómodo, pero también lo era no conseguir lo que quería.

Casey no sabía qué esperar de Zeb, pero también parecía estar guardando las distancias. Tampoco esperaba flores ni notas de amor.

Bueno, eso también era mentira. Por supuesto que quería flores y cartas de amor a las que aferrarse durante las frías y largas noches de invierno. Pero no podía correr el riesgo que conllevaba encontrar aquellas cosas sobre la mesa del trabajo. Si algo romántico aparecía en su mesa, empezarían los cotilleos. Todo el mundo sabría que pasaba algo y algunos no descansarían hasta descubrir qué era. Y sabía muy bien que si no lo averiguaban, se lo inventarían.

Así que le parecía bien evitarse mutuamente y pretender que no había ocurrido nada entre ellos.

Una semana y media más tarde, recibió un correo electrónico de él: *Señorita Johnson, informe de la situación.*

Casey se quedó mirando fijamente el ordenador, con los labios fruncidos en un gesto de desagrado. Estaba acostumbrada a que no hubiera romanticismo en su vida, pero aquello... Seis palabras y ni siquiera había firmado el mensaje. Así que contestó:

Señor Richards, he contratado seis nuevos empleados. Adjunto le remito sus currículos. Las nuevas cervezas están en marcha. El tanque quince sigue sin funcionar. Le mantendré informado cuando haya novedades.

Tampoco ella firmó su correo.

Al día siguiente, se encontró con otro correo electrónico de Zeb: *¿Fecha para probar las nuevas cervezas?*

Casey frunció el ceño: esta vez no se había molestado en comenzar con un saludo. Quizá no fuera mala idea. No dejaba de ser una forma de mantener las distancias después de lo que había pasado. Aunque le resultaba incómodo, contestó:

Todavía tendrán que pasar unas semanas más para saber si he conseguido algo.

Un día más tarde, recibió otro correo todavía más breve: *Informe de la situación.*

Tres palabras que la enfurecieron. Sentía la tentación de preguntar a cualquier otro jefe de departamento si ellos también recibían ese tipo de mensajes, pero no quería llamar la atención sobre su relación con Zeb, en especial si no era así como se dirigía a otros empleados.

Estaba claro que se arrepentía de lo que había habido entre ellos. Lo cierto era que debía sentirse aliviada de seguir conservando su empleo, porque hasta el momento, no había conseguido demostrarle su valía. Así que contestó del modo más breve que pudo:

Las nuevas cervezas siguen en proceso de fermentación. El tanque quince todavía no funciona. He contratado otro empleado, esta vez una mujer.

Había momentos en que se quedaba mirando

aquellos mensajes tan breves y se preguntaba si no le estaría preguntando algo más. Ella se limitaba a hablarle de la cerveza. ¿Y si le estaba preguntando por ella? ¿Y si aquel «informe de situación» era su manera de preguntarle cómo estaba? ¿Y si no podía dejar de pensar en lo que había pasado? ¿Y si pasaba las noches en blanco recordando sus caricias al igual que le pasaba a ella?

No, era ridículo. Por supuesto que no pensaba en ella. Había dejado bien claro cuál era su postura. Lo habían pasado bien juntos y con una vez era suficiente. Así eran las cosas. Era divertida para un rato, pero no era la clase de mujer con la que los hombres soñaban con tener una relación. Pensar lo contrario, no solo era llevarse una decepción, sino exponerse a que se le partiera el corazón.

Así que mantuvo la boca cerrada y siguió haciendo su trabajo, formando a los nuevos empleados, arreglando el tanque número quince y experimentando con las nuevas recetas. Junto a su padre fue a ver otros partidos e hizo todo lo posible por olvidar aquella noche salvaje en los brazos de Zeb Richards.

Todo había vuelto a la normalidad.

Oh, no.

Casey se quedó mirando el paquete de píldoras anticonceptivas, horrorizada. No se había dado cuenta de que se le había acabado. Hacía cinco días que debería haberle bajado la regla.

Aquello no era normal. Sus reglas siempre eran regulares. Ventajas de tomar la píldora.

Trató de recordar. No se había saltado ninguna dosis. Tenía programado un recordatorio en el teléfono que saltaba diez minutos después de la alarma para así tomarse una pastilla todos los días, a la misma hora. Tampoco había estado enferma ni había tomado antibióticos que pudieran haber alterado su sistema. Además, llevaba un año tomando aquella marca.

Tampoco había tenido demasiado sexo durante el último año. Lo cierto era que no había habido nadie desde aquel jugador de béisbol con el que había estado hacía un año y medio.

Inesperadamente, sintió que el estómago le daba un vuelco y tuvo que correr al cuarto de baño. Aquello la puso aún más nerviosa. ¿Tenía ganas de vomitar por miedo o porque sentía nauseas?

¿Y si estaba…?

No, no podía pensar eso, porque si lo estaba, ¿qué podía hacer?

Capítulo Diez

—¿Algo más? —preguntó Zeb a Daniel.

Daniel sacudió la cabeza.

—Cuanto antes sepamos cómo van a ser las nuevas cervezas, antes podremos empezar a diseñar la estrategia de marketing.

—Casey me mantiene informado, pero volveré a hablar con ella más tarde.

No era del todo cierto. Le había pedido informes con cierta regularidad y, como buena empleada, Casey se los había estado dando. Los correos electrónicos eran breves. El último, de apenas un par de palabras: *Todavía nada.*

Cada vez que le mandaba un correo electrónico pidiéndole que le informara de cómo iba todo, se preguntaba si debía hacer algo más, como preguntarle qué tal estaba y si las cosas iban mejor después de contratar a los nuevos empleados.

Quería saber si pensaba en él fuera del contexto de la cerveza y si invadía sus sueños como ella los suyos.

—Bueno, infórmame. Si lo crees necesario, puedo ir a hablar con ella personalmente para que me diga una fecha aproximada.

—No —respondió Zeb rápidamente.

Daniel lo miró sorprendido.

—¿Hay algo que deba saber?

No, no debía hablar de aquel momento de locura que tan obsesionado lo tenía.

—Absolutamente nada.

Era evidente que Daniel no le creía, pero no parecía dispuesto a insistir.

—Si surge algo que deba saber, me lo contarás, ¿verdad?

Zeb sabía que Daniel había sido asesor político. La idea de que Daniel indagara en la vida de Casey le incomodaba. Además, no le agradaba la idea de que Daniel conociera detalles con los que en un momento dado pudiera chantajearlo.

—Por supuesto —respondió Zeb con rotundidad.

No hacía ninguna falta que Daniel supiera de su momento de debilidad.

—Muy bien —dijo Daniel antes de marcharse del despacho.

Zeb volvió a hacer lo que llevaba semanas haciendo, mandarle un mensaje a Casey pidiéndole que le informara de la situación.

Se comportaba como antes de su encuentro. Estaba al límite de resultar insolente, pero trabajaba bien y cumplía con sus tareas. Por su parte, ya llevaba cinco semanas dirigiendo la cervecera. En tan poco tiempo, Casey había conseguido aumentar la producción en casi dos mil litros. No quería imaginarse de lo que sería capaz en cuanto resolviera el misterio del tanque número quince.

Entonces, al igual que hacía cada vez que pensaba en Casey, se obligó a quitársela de la mente. No debería resultarle tan difícil. Quizá fuera por la cervecera. Durante mucho tiempo, había tenido la cabeza puesta en ocupar el puesto que se merecía como presidente de la cervecera Beaumont, y ya lo había conseguido. Seguramente se debía a que le quedaban algunos cabos sueltos.

Eso no explicaba el hecho de que cuando sonó el intercomunicador estuviera comprando entradas para el siguiente partido de los Rockies en casa. Los asientos de detrás de Casey estaban disponibles.

–¿Señor Richards? –irrumpió la voz de Delores a través del intercomunicador.

–¿Sí? –dijo cerrando rápidamente la ventana de su navegador.

–La señorita Johnson está aquí. Dice que le trae un informe de situación.

Aquello era una novedad. Hacía más de tres semanas que no la veía. Y además, había esperado a que Delores anunciara su visita. Aquello no era normal en ella. La Casey Johnson que conocía habría irrumpido en su despacho y lo habría pillado comprando las entradas. También habría adivinado lo que estaba pensando.

Tenía que estar pasando algo.

–Que pase –dijo, y se preparó para lo peor.

¿Habría encontrado otro trabajo? Si ya no iba a trabajar para él, ¿sería ético pedirle una cita?

No pudo pensar nada más, porque la puerta se abrió y Casey apareció. Zeb se levantó y al momento se dio cuenta de que algo no iba bien. Estaba pálida y parecía asustada. ¿De qué estaba asustada? Al menos sabía que no era de él. Nunca se había sentido intimidada por él. Tampoco podía ser por el último correo electrónico que le había enviado, ya que no dejaba de ser el mismo correo que llevaba semanas mandándole.

–¿Qué ocurre? –preguntó nada más cerrarse la puerta–. ¿Casey? –dijo al ver que no respondía.

Rodeó el escritorio y se dirigió hacia ella.

–Vengo a reportarme.

Su voz temblaba y aquello le preocupó aún más. Estaba empezando a asustarse.

–¿Va todo bien? ¿Ha ocurrido algún accidente? ¿Acaso ha explotado el tanque quince? –añadió, tratando de mostrar una sonrisa.

Ella también intentó sonreír.

–No, no he venido a hablar de eso.

–¿Se trata de las cervezas?

Casey negó con la cabeza.

–Todavía están fermentando.

–Estupendo. Entonces, ¿qué ocurre?

Casey tragó saliva.

–Yo…

Entonces cerró los ojos con fuerza y una lágrima rodó por su mejilla.

Verla así le resultaba doloroso. Deseó tomarla entre sus brazos y prometerle que, fuera lo que fuese que había ocurrido, él se encargaría.

Pero estaban en el trabajo y Delores estaba a apenas unos metros, así que apartó sus sentimientos a un lado. Era su jefe, nada más.

–¿Sí?

–Estoy embarazada –dijo con voz entrecortada.

–¿Embarazada? –repitió él, tratando de asimilar lo que acababa de decirle.

Ella asintió.

–No lo entiendo… Quiero decir que estoy tomando la píldora. Nunca me he saltado ninguna. No creí que esto pudiera ocurrir.

La barbilla le tembló y otra lágrima rodó por su mejilla.

—Y yo soy el…

—Hace más de un año que no he estado con ningún otro hombre —dijo mirándolo a la cara—. Espero que me creas.

Aquello no podía ser posible.

¿Qué demonios sabía de la paternidad? Nada, no sabía nada. Había sido criado por una madre soltera y no había tenido cerca ninguna figura paterna.

Nunca había pensado en ser padre, ni a propósito ni por accidente.

En aquel momento, se sintió indignado, pero no con ella. Estaba furioso consigo mismo. Nunca se había dejado llevar por una mujer hasta el punto de perder el control. Nunca se había olvidado de tomar precauciones hasta esa vez. Y, al parecer, con una sola vez había sido suficiente.

—¿Estás segura?

Ella volvió a asentir.

—Ayer por la mañana me di cuenta de que había llegado al final del ciclo mensual de píldoras y que no me había venido la… Después del trabajo, compré una prueba de embarazo. Dio positivo.

—No podemos hablar de esto aquí, en horas de trabajo.

—Sí, lo siento. No pretendía hablar de temas personales durante las horas de trabajo.

—Nos veremos esta noche. Puedo ir a tu casa.

—No —dijo ella rápidamente.

No quería que volviera a su apartamento, allí donde se habían dejado llevar y habían acabado metidos en aquel lío.

–De acuerdo. Ven a mi casa a las siete.

Conocía la casa donde vivía. Su padre había hecho algunos trabajos allí.

–Yo… Jamal…

–Venga, Casey. Tenemos que hablar de esto y no puede ser en un sitio público. Estás al borde del llanto y yo no puedo pensar con claridad.

Ella entornó los ojos y, al instante, Zeb se arrepintió de sus palabras.

–Claro, es una mala suerte que esto me afecte tanto –replicó ella en tono gélido.

–No pretendía…

–De acuerdo –dijo alzando la mano para interrumpirlo–. En tu casa, a las siete. Lo único que pido es que Jamal no esté allí –añadió, y se volvió para marcharse del despacho.

Por alguna razón, no quería que se fuera.

–¿Casey?

Ella se detuvo con la mano en el pomo, pero no se volvió.

–¿Qué?

–Gracias por decírmelo. Estoy seguro de que se nos ocurrirá algo.

Se volvió para mirarlo. Era evidente que se sentía decepcionada.

–Bueno, supongo que ya sabemos qué clase de Beaumont eres.

Antes de que Zeb pudiera preguntarle a qué demonios se estaba refiriendo con eso, desapareció.

Capítulo Once

–Hola, hijo mío.

Al oír la voz de su madre, Zeb se relajó. Se había metido en un lío, pero sabía que todo se solucionaría.

–Hola, mamá, siento tener que molestarte.

–Has estado muy callado últimamente. ¿Te han dado guerra esos Beaumont?

No había sabido absolutamente nada de ellos. Pero no quería pensar en esa familia en aquel momento.

–No –contestó–. He estado ocupado. Hacerse cargo de una compañía es algo que requiere mucho tiempo.

Era cierto. Hacerse cargo de la cervecera Beaumont era una de las cosas más difíciles que había hecho nunca. Pero en aquel momento, solo podía pensar en su propia familia.

–Mamá…

Al instante, la mujer se alarmó.

–¿Qué ocurre?

No había una manera mejor que otra de dar aquella noticia.

–Voy a ser padre.

Era difícil sorprender a Emily Richards. Estaba acostumbrada a oír toda clase de historias, pero en aquel momento se quedó muda.

–¿Un bebé? ¿Quieres decir que voy a ser abuela?

–Sí.

Zeb hundió la cabeza entre sus manos. No quería contárselo, pero necesitaba hacerlo.

La historia se repetía.

–Justo como mi padre, ¿verdad?

Pensaba que empezaría a insultar a Hardwick Beaumont, a aquel mentiroso canalla que la había abandonado, pero no lo hizo.

–¿Vas a pagar a esa chica para que mantenga la boca cerrada?

–Claro que no, mamá.

No sabía muy bien qué hacer, pero sabía que no quería eso. Tampoco quería apartar a Casey de su lado o comprar su silencio.

–¿Vas a quitarle el bebé?

–Eso no tiene gracia –dijo.

Pero sabía que su madre no estaba bromeando. Era lo que Hardwick siempre había hecho, independientemente de que hubiera comprado el silencio de las madres de sus hijos o se hubiera casado y divorciado de ellas. Siempre se había quedado con la custodia de sus hijos.

–Hijo mío…

La mujer dejó escapar un suspiro, un sonido que unía decepción y esperanza.

– …quiero conocer a mi nieto y a su madre.

Zeb no sabía qué decir. Le costaba pensar.

–Tienes que ser mejor persona que tu padre, Zeb –continuó Emily–. Creo que sabes muy bien lo que tienes que hacer.

Y así fue como Zeb acabó yendo a una joyería.

Le había costado asumir lo que Casey le había

dicho aquella mañana, y era consciente de que no había reaccionado bien.

No, estaba siendo demasiado consecuente consigo mismo. Lo cierto era que no se había comportado bien desde el partido de béisbol. Si se hubiera parado a pensar que dejarla embarazada era una posibilidad real en vez de una probabilidad remota...

Quería creer que no se habría acostado con ella. De haber sido así, no habría oído aquel último suspiro de desilusión al salir de su apartamento.

La había herido aquel día y la había hecho enfadar mucho aquella misma mañana. Aunque no fuera un experto en mujeres, sabía que la mejor solución eran los diamantes.

Aquello tenía su lógica, aunque el hecho de que los diamantes que estaba mirando fueran de anillos de compromiso...

Se estaba pareciendo a su padre. No podía quitarse aquella idea de la cabeza. ¿Qué sabía él de ser padre? Nada.

Su padre había comprado el silencio de su madre para que nunca tuviera que hacerse cargo de Zeb ni reconocerlo como hijo. Hardwick Beaumont había sido un brillante empresario, pero una persona terrible. Tal vez había sido un dechado de virtudes en otros aspectos de su vida, pero no en lo concerniente a sus amantes. Emily Richards, las madres de Daniel y C.J... Solo Dios sabía cuántas madres de hijos ilegítimos de Hardwick habría.

—Enséñeme ese —le pidió a la dependienta, señalando un enorme diamante en forma de pera, rodeado de otros más pequeños.

Se iba a convertir en padre. Era la consecuencia de haberse acostado con Casey y tenía que asumir su responsabilidad.

No quería ser un padre como Hardwick. Él nunca escondería a su hijo ni le negaría lo que por derecho tenía que ser suyo. Iba a luchar por aquel niño, como su padre debería haber luchado por él. Además, su madre quería conocer a su nieto.

Tampoco quería tener que enfrentarse a Casey. La manera más sencilla de formar parte de la vida de su hijo era casarse con su madre.

¿Qué otras alternativas tenía? Podía emprender una batalla por la custodia y demás asuntos legales, lo que sería objeto de chismorreos. Podía negar que se había acostado con la maestra cervecera de su compañía y privar a su hijo de su linaje. Podía hacer lo que Hardwick había hecho y extender un cheque para asegurarse de que a aquel niño no le faltara nada.

O pedirle esa misma noche a Casey que se casara con él. No se le pasaba por alto que sería algo muy repentino y corría el riesgo de que le dijera que no.

Nunca se había imaginado casado, y menos aún siendo padre. Después de la conversación de aquella tarde era una persona completamente diferente a la que apenas reconocía. Se quedó mirando el anillo de compromiso, imaginando una vida en donde Casey y él estuvieran unidos por un hijo, además de por papeles.

No, no solo por eso, por mucho más. Entre ellos había mucho más que un bebé.

Pasaría sus días con ella yendo a ver partidos de béisbol y hablando de cerveza y, por suerte, disfrutando de un sexo fantástico. Estaba convencido de que Casey sería una buena madre, la clase de madre que iría a todos los entrenamientos y partidos, divertida e implicada.

Y él...

Él tendría dos asuntos de los que ocuparse. Por un lado, tendría que trabajar. Había hecho una fortuna y tenía que cuidar de ella. Conocía casos en los que se habían perdido por no cuidarlas y no podía permitir que eso le ocurriera a él, o, mejor dicho, a Casey y a la familia que iban a fundar.

Además, tenía que cuidar de ellos. Hardwick Beaumont le había dado un cheque a Emily Richards con dinero suficiente para que cuidara de él mientras era un bebé. Pero el dinero se había acabado y su madre había tenido que ponerse a trabajar para llegar a fin de mes, independientemente de que fuera de día, de noche o fin de semana.

En algunas ocasiones, le había dado la impresión de que su madre se desentendía de él, dejándolo al cuidado de las otras peluqueras o de clientas. Cada vez que hablaba con ella seguía sintiendo que le estaba robando su tiempo.

No podía culparla. Era una mujer que había tenido que abrirse camino en la vida y había antepuesto su negocio a su hijo.

No quería eso para su hijo. Quería lo mejor para su familia. No quería que la madre de su hijo se perdiera su infancia. Él tampoco quería perdérsela, pero también debía ocuparse de la cervecera. Además de su legado, era también el de su hijo.

Trabajaría duro, como siempre había hecho, pero también formaría parte de la vida de su hijo. Quizá incluso pudiera ir de vez en cuando a algún partido o a alguna función del colegio. Y tendría a Casey a su lado.

—Me lo quedo —dijo, aunque ya no sabía ni lo que estaba mirando.

También estada dispuesto a quedarse con aquella vida junto a Casey y su hijo.

—Es una joya preciosa.

Aquella voz profunda venía de alguien a su lado.

Se volvió y se encontró cara a cara con Chadwick Beaumont. Durante unos segundos, Zeb no hizo otra cosa que mirarlo fijamente. No era exactamente como estarse mirando en el espejo, pero, a pesar de que Chadwick fuera rubio y llevara el pelo algo largo, el mentón y los ojos le recordaban a los suyos.

Los ojos verdes de Zeb lo habían distinguido entre los afroamericanos. Pero allí, junto a aquel hombre que nunca había visto, sus ojos lo distinguían como Beaumont.

Chadwick le tendió la mano.

—Soy Chadwick.

—Zeb —dijo estrechando la mano de Chadwick—. ¿Y quién es esta pequeña? —añadió refiriéndose a la niña que Chadwick tenía en brazos.

—Es mi hija Catherine.

Zeb se quedó mirando a la niña. No tendría más de año y medio.

—Hola, Catherine —dijo, y miró a Chadwick—. No sabía que fuera tío.

La pequeña se volvió y hundió el rostro en el cuello de su padre. Un segundo después volvió a girar la cabeza y se quedó mirándolo.

—Pues sí. Byron tiene dos niños. Catherine es hija de una relación anterior de mi esposa, pero la he adoptado —explicó acariciándole la espalda a la niña—. He aprendido que, siendo un Beaumont, la definición de familia tiene que ser amplia.

Se hizo un silencio incómodo entre ellos porque Zeb no supo qué responder a aquello. Siempre había sabido que, en algún momento, tendría que enfrentarse a los Beaumont. Había imaginado que no sería un encuentro cordial, que se regodearía en haberles arrebatado la compañía como castigo por no haberlo reconocido, y que entonces ellos agacharían la cabeza y suplicarían su perdón.

En parte, seguía deseando que eso ocurriera, pero no en medio de una joyería lujosa, y menos delante de una niña.

Así que no dijo nada. No tenía ni idea qué se suponía que debía decirle a aquel hombre con sus mismos ojos.

De repente, quiso saber qué clase de hombre era aquel hermano suyo. O, más concretamente, quería saber qué clase de hombre Casey pensaba que era Chadwick. Seguía sin saber si se parecía más a su padre o a su hermano, y necesitaba saberlo.

—¿Quién es la afortunada? —preguntó Chadwick.

–¿Perdón?

La dependienta regresó con una pequeña bolsa que contenía el anillo de compromiso. Chadwick sonrió.

–El anillo. ¿La conozco?

No era fácil que Zeb se sonrojara, pero en aquel momento sintió que el rostro le ardía. En vez de responder a la pregunta, se puso a la defensiva.

–¿Qué me dices de ti?

Chadwick volvió a sonreír y, esta vez, sus rasgos se dulcificaron. Al instante reconoció aquella expresión, en especial cuando besó la cabeza de su hija. Era amor.

–Mi esposa está embarazada de nuevo y el embarazo está siendo… agotador. He decidido comprarle algo porque no puedo hacer nada y los diamantes siempre ayudan a que las cosas mejoren. ¿No estás de acuerdo?

–Enhorabuena.

Zeb no quiso decirle que él había pensado exactamente lo mismo. Solo esperaba que los diamantes funcionasen.

–¿Necesita algo más? –preguntó la dependienta.

Zeb y Chadwick se volvieron y se encontraron a la mujer observándolos con mirada brillante y amplia sonrisa. Necesitaba hablar con Chadwick, aunque no sabía muy bien de qué. Pero no podía ser allí. ¿Cuánto tiempo tardaría alguien en avisar a la prensa? Zeb no quería tener que soportar a un puñado de cámaras e imaginaba que a Chadwick tampoco le agradaba la idea, y mucho menos con su hija.

—No —contestó.

Justo en aquel momento, otra dependienta se acercó a Chadwick y le entregó una pequeña bolsa.

—Su collar, señor Beaumont.

Ambas vendedoras se quedaron codo con codo, sonriendo.

Tenían que salir de allí cuanto antes.

—¿Te gustaría que…?

Pero no pudo acabar la frase porque Chadwick le hizo una seña con la cabeza.

Ambos tomaron sus bolsas y salieron de la joyería. Una vez fuera, Zeb tomó la iniciativa.

—¿Quieres que vayamos a tomar algo?

—Me gustaría, pero creo que no deberíamos vernos en público. Además —añadió mirando a su hija—, mucho está tardando en tener una de sus rabietas.

—Entiendo —dijo Zeb, tratando de disimular su decepción.

Chadwick se detuvo y Zeb hizo lo mismo.

—Quieres respuestas.

Era una afirmación, no una pregunta.

—No quiero robarle tiempo a tu familia.

Chadwick se quedó mirando fijamente a Zeb y, de repente, sonrió.

—Eres parte de la familia, Zeb.

Aquel simple comentario lo sorprendió. ¿Aquel hombre le consideraba familia? Una sensación de alivio le invadió.

Pero al mismo tiempo, se sintió furioso. Si era familia, ¿por qué no se había molestado en decírselo antes? ¿Por qué se lo decía tras un encuentro fortuito en una joyería?

—Tenemos que seguir caminando —dijo Chadwick mirando por detrás de Zeb.

Echó a andar de nuevo y Zeb lo siguió hacia el aparcamiento.

—¿Cuánto tiempo hace que lo sabes? —preguntó Zeb por fin—. Me refiero a mí.

—Unos seis años. Después de que mi… quiero decir, nuestro padre…

—No puedo decir que lo considere mi padre —lo interrumpió Zeb.

Chadwick asintió.

—Después de que Hardwick muriera, tardé un tiempo en estabilizar la compañía y recomponerme. Siempre había oído rumores de que había otros hijos, así que cuando conseguí hacerme con la situación, contraté un detective.

—¿Sabías de Daniel antes de la rueda de prensa?

—Sí, y de Carlos.

Zeb se quedó sorprendido. Así que C.J. no era tan difícil de localizar como pensaba.

—Prefiere que le llamen C.J.

—Lo tendré en cuenta —dijo Chadwick sonriendo—. De Matthew es evidente que ya sabíamos.

—¿Y hay más hijos ilegítimos? Yo solo di con dos.

—Hay algunos más. El más pequeño tiene trece años. Tengo contacto con su madre y no tiene interés en que su hijo conozca a la familia. También paso una pensión alimenticia a otros tres chicos. Es lo menos que puedo hacer después de todo lo que hizo Hardwick.

Llegaron a un lujoso todoterreno. Chadwick abrió la puerta trasera y colocó a su hija en el asiento.

141

–¿Pagas una pensión alimenticia a cuatro hermanastros? –preguntó Zeb sorprendido, mientras observaba cómo le ponía el cinturón de seguridad a la niña.

–Son familia.

Chadwick se enderezó y se volvió hacia Zeb, pero no dijo nada.

El concepto de familia le resultaba desconocido. Su familia la formaban su madre y la clientela de su salón de belleza. También tenía a Jamal y, a partir de aquel momento, a Casey.

–¿Por qué no te pusiste en contacto conmigo?

Tenía muchas preguntas y aquella era la primera. Chadwick se estaba haciendo cargo de otros bastardos. ¿Por qué no de él?

–Cuando di contigo, ambos habíamos cumplido ya los treinta. Habías levantado un negocio propio y no creo que quisieras saber nada de nosotros –respondió Chadwick, y se encogió de hombros–. No me di cuenta hasta más tarde de lo equivocado que estaba.

–¿Qué clase de hombre era? –preguntó Zeb.

Se sentía mal por preguntar, pero necesitaba saberlo. Se estaba haciendo una idea de la clase de hombre que era Chadwick, leal y fiable, la clase de persona que pagaría una pensión alimenticia a unos hermanos que no conocía solo porque eran familia.

Chadwick suspiró y miró al cielo. Se estaba haciendo tarde, pero el sol seguía brillando.

–¿Por qué no te pasas por casa? Esto no es tema para hablar en un aparcamiento.

Zeb se quedó mirando al otro hombre, su hermano. Chadwick le había hecho aquella invitación como si tal cosa. Le consideraba familia y a la familia se la recibía en casa, así de simple.

Pero no lo era. Nada de aquello era tan simple.

—Tengo algo que hacer a las siete —dijo Zeb levantando la bolsa con el anillo.

Pensó que Chadwick volvería a preguntarle quién era la afortunada, pero no lo hizo.

En vez de eso, Chadwick contestó a la pregunta que le había hecho anteriormente.

—Hardwick Beaumont… —comenzó, y cerró la puerta como si no quisiera que su hija escuchara aquello—, era un hombre de contradicciones. Aunque, de alguna manera, todos lo somos. Para mí, era un hombre exigente. Era muy perfeccionista y cuando algo no le parecía bien…

—¿Era violento?

—Podía llegar a serlo. Pero creo que era solo conmigo porque yo era su sucesor. A Phillips lo ignoraba por completo, pero a Frances la mimaba en todos los sentidos —dijo, y esbozó una amarga sonrisa—. Me has preguntado por qué no me puse en contacto contigo antes. Bueno, creo que estaba celoso de ti.

—¿Qué?

Seguramente no había oído bien. Era imposible que su hermano, el heredero del imperio Beaumont, acabara de decir que…

—Celoso —repitió Chadwick—. No exagero cuando digo que Hardwick nos fastidió a todos —dijo mirando al cielo, y tomó aire antes de continuar—. Era mi padre y no puedo decir que lo odiara, aunque tampoco lo quería. Creo que no nos quería a ninguno. Así que cuando supe de ti y de los demás, de cómo habían sido vuestras vidas lejos de

143

su sombra, me sentí celoso. Has conseguido por ti mismo convertirte en un respetado empresario. Has hecho lo que has querido, no lo que él quería. A mí me ha costado toda la vida distinguir entre lo que yo quería y lo que él exigía.

Zeb no acababa de procesar toda aquella información.

—Y yo he pasado años tratando de conseguir lo que tú tenías —dijo sintiéndose aturdido.

Durante años se había sentido desplazado del lado de Hardwick Beaumont. Nunca se le había pasado por la cabeza que Chadwick no quisiera estar cerca de su padre.

Pero en sus ojos veía que así era. Su padre había sido un hombre terrible, eso ya lo sabía. Un buen hombre no compraba el silencio de su amante, ni la apartaba de su lado, ni mantenía ocultos a sus muchos hijos. Un buen hombre cuidaba de su familia por encima de todo.

De repente, Zeb se cuestionó si era un buen hombre. Cuidaba de su madre aunque lo volviera loco, y de Jamal, lo más parecido que tenía a un hermano.

Pero los Beaumont eran su familia. En vez de cuidar de ellos, había hecho todo lo posible por fastidiarlos.

De repente se dio cuenta de que Chadwick lo estaba mirando fijamente.

—Lo siento —se disculpó Chadwick rápidamente—. Te pareces mucho a él.

Zeb resopló.

—Me parezco a mi madre.

—Lo sé.

Chadwick alzó una mano como si fuera a darle una palmada en el hombro, pero no lo hizo. Dejó caer el brazo a un lado y se quedó a la espera. Zeb agradecía el silencio mientras trataba de ordenar sus pensamientos.

Sabía que se estaba quedando sin tiempo. No tardaría mucho la hija de Chadwick en impacientarse, o quizá apareciera alguien con una cámara. Pero tenía muchas preguntas y no estaba seguro de que conocer las respuestas fuera a hacerle sentir mejor.

Por primera vez en su vida, no estaba seguro de que tener toda la información fuera lo mejor.

—Supongo que gran parte sería estrategia comercial —comenzó Chadwick—, pero tengo que reconocer que la rueda de prensa fue magnífica y quiero que sepas que nos alegramos de que la cervecera vuelva a estar en manos de la familia.

Zeb disimuló su sorpresa ante aquel comentario.

—Somos competencia —replicó—. Casey está formulando una nueva línea de cervezas para competir con Cervezas Percherón.

—Es una profesional muy competente —comentó Chadwick arqueando una ceja—. No esperaba menos de los dos.

Zeb se dio cuenta demasiado tarde de que había hablado de ella con demasiada familiaridad.

Dentro del coche, la pequeña empezó a impacientarse.

—Tengo que irme —añadió, y esta vez sí le dio una palmada en el hombro—. Acércate por casa cuando quieras. A Serena le encantará conocerte.

Zeb supuso que sería la esposa de Chadwick.

—¿Y el resto de tus hermanos?

—Quieres decir nuestros hermanos. Ellos también sienten curiosidad. Pero meternos a todos en la misma habitación podría ser insoportable. Además, Serena fue mi secretaria en la cervecera. Sabe tanto como yo del negocio.

Zeb se quedó mirándolo.

—¿Te casaste con tu secretaria?

Aquello le resultaba extraño. Era algo que su padre habría hecho.

¿Habría dejado embarazada a su secretaria y se habría casado con ella? ¿Acaso se repetía una y otra vez la historia?

Chadwick le dirigió una mirada que habría intimidado a cualquier otro, pero no a Zeb.

—Trato de no parecerme a mi padre, pero parece que enamorarnos de nuestros empleados es una característica de la familia. Sí, me casé con mi secretaria. Phillip se casó con una entrenadora de caballos a la que contrató y Frances con el anterior presidente de la cervecera.

Vaya. ¿Sería posible que se pareciera a su padre sin ni siquiera saber nada de él? Había dejado embarazada a Casey porque estando a su lado había sido incapaz de contenerse. Le había hecho perder el control como si hubiera apartado la espuma de una cerveza de un soplido.

—Hardwick Beaumont está muerto —dijo Chadwick de modo tajante—. Ya no tiene poder sobre ninguno de nosotros. Somos famosos por nuestra templanza, tanto por mantenerla como por perderla. Pero no es eso lo que nos define, sino la manera en que afrontamos las consecuencias.

Dentro del coche, la pequeña empezó a llorar desesperadamente.

—Pásate por casa cuando quieras —dijo Chadwick tendiéndole la mano—. Estoy deseando ver los cambios que vas a hacer en la cervecera.

—Yo también —replicó Zeb estrechándole la mano.

—Si tienes alguna duda, solo tienes que preguntar.

Zeb asintió y se hizo a un lado mientras Chadwick se subía al todoterreno y volvía a casa con su familia. Allí podría ser él mismo, sin necesidad de tener que demostrarle nada a su padre.

Hardwick Beaumont estaba muerto. ¿Todos aquellos años planeando y esperando la ocasión para vengarse de los Beaumont habían sido para nada?

Zeb ya no estaba seguro de querer vengarse, y menos aún de sus hermanos. Solo hacía seis años que sabían de él. Seis años atrás, acababa de mudarse a Nueva York y ZOLA estaba tomando fuerza. ¿Qué habría hecho entonces? No habría renunciado a ZOLA. Se habría mostrado receloso de cualquier paso que hubiera dado Chadwick. No habría permitido que un Beaumont ejerciera ningún poder sobre él. Además, tampoco habría estado en posición de arrebatarle la cervecera a la compañía que la había comprado.

Ahora, Chadwick quería que triunfara. Aunque fueran rivales, estaba deseando ver cómo Zeb recuperaba el éxito de la cervecera.

Era imposible vengarse de un muerto y no quería vengarse de los vivos.

Se quedó mirando la pequeña bolsa con el anillo que llevaba.

¿Qué era lo que quería?

Capítulo Doce

¿Qué quería?

Casey llevaba horas haciéndose la misma pregunta, y la respuesta no había cambiado: no tenía ni idea.

Bueno, eso no era del todo cierto. Lo que quería era, aunque sonara a tontería, que ocurriera algo romántico. Pero no sabía muy bien el qué. Quería que Zeb la tomara en brazos y le prometiera que todo saldría bien, que cuidaría de ella y del bebé, y que sería un buen padre y un buen…

Claro que no tenían relación. Ni siquiera estaba segura de querer tenerla más allá de la que surgiera por el niño. A ratos quería y a ratos no. Era un hombre muy atractivo, pero era un Beaumont. Los Beaumont no tenían fama de ser unos maridos fieles.

Dejando a un lado la fidelidad, no sabía si Zeb sería la clase de padre que quería para su bebé. Tampoco su padre, Carl Johnson, había sido perfecto, pero siempre se había preocupado por ella, siempre había luchado por ella y la había animado a hacer cosas que otra gente no la hubiera apoyado.

Eso era lo que quería para ella y su hijo.

Aunque, teniendo en cuenta la reacción de Zeb en el despacho, no tenía muchas esperanzas.

Su relación con Chadwick Beaumont no podía calificarse de amistad. Como compañeros, se habían llevado bien y nunca la había tratado como uno más de los muchachos, lo que le había agradado. Pero conocía los cotilleos: se había enamorado de su secretaria justo cuando ella acababa de quedarse embarazada de otro. Él había renunciado al negocio por ella y había adoptado a su hija. Incluso Ethan Logan había dejado la empresa por Frances Beaumont, de la que se había enamorado.

La única razón de Zeb para estar en Dénver era la cervecera.

Además, tampoco quería que dejara la compañía. De hecho, ella tampoco quería dejarla. No sabía cómo funcionaba el permiso por maternidad. No estaba segura de que Larry pudiera ocuparse solo de las líneas de producción mientras ella no estuviera. Y cuando se le acabara el permiso, no sabía cómo iba a poder trabajar teniendo un recién nacido.

Tampoco sabía si podría arreglárselas sola o necesitaría ayuda. De lo único que estaba segura era de que no quería dejar su trabajo. Había tardado años en ganarse su puesto en la cervecera. Disfrutaba siendo maestra cervecera.

Cuando llegó a la mansión en la que Zeb se había establecido, se le había hecho un poco tarde. Al salir del coche, se dio cuenta de que le temblaban las manos. ¿Sería demasiado pronto para empezar a culpar a las hormonas? No tenía ni idea. Nunca se había relacionado con niños. Otras amigas habían trabajado de canguros, pero ella había trabajado ayudando a su padre, electricista.

Los niños eran un misterio para ella e iba a tener uno.

Sumida en aquel torbellino de ideas, de repente cayó en la cuenta. Tenía que decirle a Zeb lo que quería. ¿No lo había decidido ya? Sí, lo había decidido en relación al sexo, pero también era aplicable a otros aspectos. Los hombres no eran buenos adivinos. Tenía que decirle lo que quería que ocurriera.

Lo único que tenía que hacer en los siguientes treinta segundos era decidir qué era lo que quería.

No habían pasado los treinta segundos cuando la puerta se abrió y Zeb apareció. Su porte no era el del presidente de una compañía, pero tampoco el del aficionado a los deportes con el que había ido a un partido. Llevaba una camiseta negra que dejaba adivinar sus músculos, pero no los marcaba, lo que le daba un aspecto más relajado.

–Hola –dijo, y trató de sonreír.

–Pasa.

Su tono era más suave que el de aquella mañana, lo que ya era un avance.

Cerró la puerta después de que entrara y la condujo por la casa. Era enorme, con un montón de estancias y escaleras. La llevó hasta una sala que parecía un estudio, con estanterías de arriba abajo, una lujosa alfombra persa, asientos de cuero y chimenea. Por suerte, estaba vacía.

Zeb cerró la puerta y se quedaron a solas. Estaba demasiado nerviosa como para sentarse y se quedó de pie en mitad de la sala.

–Qué bonito es esto.

–El mérito es de Jamal.

Zeb se quedó mirándola y luego se acercó a ella. Llevaba semanas sin verla, sin contar aquella mañana. ¿Era posible que se hubiera olvidado de la intensidad de su mirada?

—¿Cómo estás?

—Ya sabes, embarazada.

Zeb se acercó un paso más y Casey se puso rígida. Desearía tener claro lo que quería.

—No quiero parecer insensible, pero pensé que me habías dicho que tomabas la píldora.

—Y así es. Por lo que me he informado, estas cosas pueden pasar. Es lo que llaman ovulación repentina.

Zeb se había acercado un poco más y, a pesar de la conversación, su cuerpo estaba reaccionando ante su proximidad. Una sensación abrasadora le subía por la espalda hasta el cuello. Le ardían las mejillas y lo único que deseaba era que la rodeara con los brazos y le dijera que todo iba a salir bien.

Y, sorprendentemente, eso fue precisamente lo que ocurrió. Zeb la rodeó con sus fuertes brazos y la atrajo hacia su pecho musculoso.

—Así que estas cosas pasan, ¿eh?

Casey suspiró y se hundió en sus brazos. Aquello no era una buena idea, aunque cualquier cosa que fuera tocar a Zeb Richards probablemente tampoco lo era porque una vez empezaba a hacerlo, le era imposible resistirse.

—Sí.

—Siento que haya tenido que pasarte a ti.

Necesitaba oír aquello, pero lo que más le impresionó fue la sinceridad de su tono de voz. Sus ojos se humedecieron. No, no iba a llorar.

–¿Qué vamos a hacer? –preguntó ella–. No nos hemos visto en semanas. Tuvimos algo parecido a una cita y fue fantástico, excepto por cómo terminó. Y desde entonces...

–Desde entonces –la interrumpió–, no he podido dejar de pensar en ti. Estaba deseando verte, pero pensaba que no era recíproco.

–¿Es por eso que has estado enviándome correos electrónicos a diario? –preguntó apartándose lo suficiente para mirarlo a los ojos–. ¿Por eso no dejabas de pedirme informes?

Aquel rubor iba a acabar matándola. Aquel adorable Zeb Richards era irresistible.

–Me dijiste que en el trabajo solo podíamos hablar de cerveza, así que he intentado ser profesional.

Mientras hablaban, la hizo recular hasta toparse con uno de los sofás de cuero. Luego hizo que se sentara sobre su regazo y la estrechó entre sus brazos.

–Pero ahora mismo no estamos trabajando, ¿no?

Ella suspiró.

–No, no estamos trabajando. Ni siquiera podemos considerar esto una salida de trabajo.

Él sonrió y deslizó la mano arriba y abajo de su espalda. Ella se dejó acariciar porque lo estaba deseando. Ni siquiera había tenido que pedírselo. Se relajó y lo rodeó por el cuello.

–¿Qué vamos a hacer, Zeb?

Su mano siguió subiendo y bajando por la espalda y con la otra empezó a acariciarle el muslo.

–Voy a cuidar de ti –susurró junto a su oído.

Era lo que necesitaba oír. Sabía que era fuerte e independiente. Llevaba la vida que quería. Había conseguido el trabajo que quería, tenía para pagarse los gastos e incluso se las arreglaba para ahorrar para su jubilación.

¿Pero aquello? De repente, era como si su vida hubiera dejado de pertenecerle y no sabía cómo afrontarlo.

—Hay algo entre nosotros —dijo Zeb, y Casey se volvió hacia él al sentir su aliento en la mejilla—. Lo siento. Cuando estoy contigo… —añadió tomando su rostro entre las manos—. Creo que podría llegar a quererte.

Casey sintió que el corazón le latía con fuerza.

—Yo también lo siento —susurró, acercando los labios a los suyos—. Nunca me ha atraído alguien como tú. Eres mi jefe y esto no está bien, pero no sé por qué no puedo contenerme.

—Yo tampoco lo sé, pero no quiero que lo hagas.

Entonces, la besó. A diferencia del primer beso, que había sido apresurado y torpe, aquel fue tal y como soñaba que debía ser un beso. Lentamente, sus labios se movieron junto a los suyos y se los acarició con la lengua.

Si fuera capaz de controlarse, no separaría los labios para él, ni dejaría que le metiera la lengua en la boca, ni le acariciaría el pelo. Si fuera capaz de controlarse, no jadearía al sentir que le mordía el labio, el cuello o el lóbulo de la oreja.

—Esta vez quiero hacerlo en la cama —dijo él sintiendo que sus manos se deslizaban por su pecho hasta llegar al borde de su camisa—. Quiero desnudarte y mostrarte todo lo que puedo hacerte.

–Sí –susurró jadeando.

Luego, Zeb se puso de pie y la tomó en brazos como si no pesara nada.

–Casey –dijo sujetándola, sin dejar de mirarla–. ¿Te he dicho alguna vez lo bonita que eres?

Capítulo Trece

Fuera lo que fuese que acababa de decir, iba a tener que repetirlo constantemente porque de repente, Casey estaba encima de él. Lo besó con tanta pasión que casi tuvo que volver a sentarse para poder quitarle la camiseta y...

Tenía que contenerse. Aquello no era lo que le había prometido. Tenía que buscar una cama y, a la velocidad a la que iban, debía darse prisa.

Era toda una tentación perderse en su cuerpo. Tenía la habilidad de hacerle perder el dominio sobre sí mismo. Pero esta vez era diferente, todo era diferente. Iba a tener un hijo suyo y aquello ya no era un placer sin sentido.

No quería pensar en Chadwick Beaumont en aquel momento, pero mientras llevaba a Casey desde el estudio hasta su habitación del piso superior, no pudo dejar de repetirse algunas de las cosas que su hermano le había dicho.

Casey le hacía perder el control y lo reducía a añicos. Pero no por eso era un Beaumont, sino por lo que hacía después.

Podía apartarla de su lado, pasarle una pensión alimenticia todos los meses como Chadwick estaba haciendo con algunos de sus hermanastros, y dejar que criara sola a su hijo.

Pero eso era lo que su padre haría y Zeb estaba

decidido a no ser como aquel hombre. Tampoco tenía que parecerse a él. Por otra parte, no estaba seguro de poder ser tan desinteresado como su hermano, aunque tampoco quería serlo.

Podía ser alguien diferente, alguien que fuera a la vez un Beaumont y un Richards.

Una sensación de bienestar lo invadía. Iba a llevarse a Casey a la cama, esta vez a una cama de verdad. Iba a hacerle el amor esa noche y al día siguiente, y tal vez durante el resto de sus vidas. Iba a formar parte de la familia Beaumont haciéndose un hueco en ella, tanto como presidente de la cervecera como por la familia que iba a fundar.

Lo correcto era estar con Casey, casarse con ella y cuidar tanto de ella como de su hijo.

Abrió la puerta empujándola con el pie y entró con ella en su habitación. ¿Por qué era tan grande aquella casa? Tenía que pasar por una estancia previa antes de llegar a su cama, y cada paso era una tortura. Estaba muy excitado y deseaba hundirse en su cálido cuerpo una y otra vez.

Por fin llegó a la cama. Suavemente, la dejó sobre las sábanas. Ardía en deseos por ella y se colocó encima. Sabía que aunque estuviera embarazada de unas pocas semanas, eso no significaba que fuera frágil, pero tenía que tratarla con sumo cuidado.

Así que le quitó la camiseta por la cabeza y sonrió al ver el sujetador beis.

–¿Hoy no llevas el morado?

–No, no me he puesto el sujetador de la suerte porque no pensé que fuera a necesitarla –dijo con voz seductora.

Esta vez, cuando tiró del borde de su camiseta para quitársela, no se lo impidió.

Quería ir despacio, pero cuando sintió las manos de Casey acariciándole el pecho, perdió el poco dominio que le quedaba. Rápidamente le desabrochó los vaqueros y se los quitó, y enseguida Casey hizo lo mismo con los suyos.

–Zeb...

La sangre le ardía en las venas, y en otros sitios. Tenía que demostrarle lo que sentía por ella, así que en vez de hundirse en su cuerpo, se arrodilló ante la cama y, tomándola de las caderas, la hizo colocarse al borde.

–Voy a cuidar de ti –le prometió.

Nunca antes había dicho con tanto sentimiento aquellas palabras.

La vez anterior, ni siquiera le había quitado las bragas. Había sido algo egoísta, pero esta vez, estaba decidido a dárselo todo.

Acercó los labios a su sexo y fue recompensado con un estremecimiento que sacudió todo su cuerpo.

Casey jadeó. Luego, la hizo separar aún más las piernas y volvió a besarla una y otra vez.

Con cada roce, su cuerpo se sacudía. Ella le acarició el pelo, aumentando su deseo. Todos sus sentidos estaban puestos en ella.

La vez anterior, apenas había dedicado tiempo a descubrirla. Cada caricia, cada suspiro era una lección que estaba decidido a recordar.

Sentía una conexión con ella que nunca antes había sentido. Había intentado ignorar aquella fuerza durante las tres últimas semanas, pero ya no podía soportarlo más. No estaba dispuesto a seguir engañándose a sí mismo.

La deseaba e iba a hacerla suya.

Le introdujo un dedo y sus caderas se levantaron de la cama.

–¡Zeb!

–Quiero demostrarte lo que puedo hacerte –murmuró junto a su piel–. Oh, Casey, eres preciosa.

–Sí, sí, no pares.

Volvió a pasarle la lengua por el clítoris y le introdujo los dedos otra vez, sin dejar de repetirle lo hermosa que era y lo bien que se sentía a su lado. Cada vez estaba más excitado y no estaba seguro de poder aguantar mucho más. Necesitaba que se corriera para después hacer él lo mismo.

Luego, le rozó con los dientes el sexo y eso fue todo lo que hizo falta. Fue una sensación ligeramente dolorosa en medio de algo tan dulce y sensual. Era justo lo que necesitaba.

Por suerte, podía darle cualquier cosa que necesitara.

Su cuerpo se tensó alrededor de él y su espalda se arqueó al sentir los primeros espasmos del orgasmo. Ni siquiera él fue capaz de contenerse más. Perdió el poco control que le quedaba y se colocó entre sus piernas.

–Eres preciosa cuando te corres –dijo mientras se hundía en su cuerpo.

De repente, se olvidó de todo. Los problemas familiares, el trabajo, el béisbol, nada de aquello importaba. Lo único que importaba era que Casey estaba con él y que nada se interponía entre ellos.

Ella gimió al correrse por segunda vez, y Zeb no pudo contenerse más y se dejó arrastrar por su orgasmo. Luego, tomó su boca con la suya. Si el resto de su vida iba a ser así, sería un hombre muy feliz.

Agotado, se desplomó sobre ella.

—Vaya, Zeb —susurró Casey junto a su oído, abrazándolo.

—Esta vez se me ha olvidado preguntarte si has usado algún método anticonceptivo.

Al oír aquello, ella rio, provocándole una sonrisa. Zeb se incorporó y se apoyó sobre un codo para mirarla.

—Casey…

Estaba a punto de decirle que se estaba enamorando.

—Eso es lo que siempre he soñado —dijo ella, acariciándole la mejilla—. Y quizá haya alguna cosa más que todavía no se me ha ocurrido.

Se adivinaba felicidad en su voz.

Esta vez, fue él el que rio.

—Piensa en que, cuando nos casemos, podremos hacerlo todas las noches.

Zeb se tumbó de lado y la atrajo entre sus brazos. Pero ella se resistió.

—¿Cómo?

—Voy a cuidar de ti —dijo estrechándola entre sus brazos—. Todavía no he tenido oportunidad de contarte que esta tarde me encontré a Chadwick y, hablando con él, vi un par de cosas claras.

—¿Ah, sí?

—Me preguntaste si era como mi padre o como mi hermano, pero no conocía a ninguno de los dos, solo sabía lo mismo que todo el mundo. Sabía

160

que mi padre no era una buena persona porque pagó a mi madre para que desapareciera. Y también sabía que a todos en la cervecera les cae bien Chadwick. Pero eso no me aclaraba lo que quería saber.

—¿Qué querías saber?

Su voz sonaba ligeramente distante. Tal vez fuera que estaba cansada después del sexo.

—Cuando me preguntaste a cuál de los dos me parecía, lo que me estabas preguntando era si podía ser una buena persona. Quieres a alguien honesto, que pueda cuidar de ti y de tu hijo, alguien que te aprecie por cómo eres.

Entonces se acurrucó contra él y lo rodeó con un brazo por la cintura.

—Sí, eso es lo que quiero.

—Y eso es lo que quiero darte.

Zeb se estiró hacia un lado de la cama y tomó sus pantalones. Luego, sacó la pequeña caja de terciopelo que contenía el anillo.

—Quiero casarme contigo y que cuidemos juntos de nuestro hijo. No tendrás que ser una madre soltera ni preocuparte por llegar a fin de mes. Yo me ocuparé de todo eso.

Casey se quedó mirando la caja.

—¿Qué quieres decir?

¿Era su imaginación o parecía recelosa?

Pensaba ya habían superado eso. Aquello era lo correcto. Estaba decidido a cuidar de ella y del bebé.

—Es evidente que no podemos seguir trabajando juntos y tú vas a tener que cuidarte. Tu apartamento es bonito, pero no lo suficientemente gran-

de para los tres –dijo, y la abrazó–. Sé que apenas
te he hablado de mi infancia. No estuvo mal, pero
fue difícil. Mi madre trabajaba todo el día y me
crie en la peluquería, al cuidado de sus emplea-
das. Crecí con el sentimiento de que mi padre no
me quería y de que mi madre tenía que trabajar, y
no quiero eso para nuestro hijo. No quiero que se
ocupen de él empleados o desconocidos. Quiero
que esto salga bien.

–Pero… pero tengo que trabajar, Zeb.

–No, nos casaremos y podrás quedarte aquí,
en casa. Yo me ocuparé de todo. Podemos ser una
familia. Nos relacionaremos con Chadwick y su familia, mejor dicho, mi familia, los Beaumont. Ya
no hace falta que les demuestre que soy mejor que
ellos porque creo que quizá… –dijo, y suspiró–,
creo que están dispuestos a aceptarme tal y como
soy.

Todavía no podía creer que eso fuera posible.
Nunca se había sentido a gusto en su propia piel,
siempre se había sentido demasiado blanco o demasiado negro, atrapado en terreno de nadie.

Pero allí en Dénver, Chadwick le había deseado
lo mejor y le había invitado a formar parte de la
familia. Por su parte, lo único que le preocupaba a
Casey era ser aceptada de la misma manera que él
quería ser aceptado.

Por fin había llegado a casa.

Abrió la caja y sacó el anillo.

–Cásate conmigo, Casey. Sé que es precipitado,
pero es lo correcto.

Ella se incorporó y se quedó mirándolo.

–Espera, eh… Espera.

162

–¿Qué? –preguntó sintiéndose confundido.

La expresión de su rostro era de horror. Aquello no era lo que un hombre quería ver después de pedirle a la mujer con la que se acababa de acostar que se casara con él.

–¿Quieres que me case contigo y que me quede en casa cuidando de nuestro hijo?

–Bueno, sí. No quiero ser como mi padre. Quiero formar parte de la vida de mi hijo y de la tuya. No quiero que lo pases tan mal como mi madre. Significas mucho para mí como para dejar que eso ocurra.

De repente, Casey se levantó de la cama y empezó a recoger su ropa.

–¿Hablas en serio? –preguntó con una nota de pánico en la voz–. Eso no es lo que yo quiero.

–¿Qué quieres decir con que no es lo que tú quieres? Pensaba que estábamos de acuerdo en que había algo entre nosotros y que estando embarazada, era lo más adecuado.

–Todo esto no tiene sentido –farfulló poniéndose los vaqueros–. No voy a dejar mi trabajo para quedarme en casa cuidando de tu hijo.

–Pero no puedes seguir trabajando –espetó, tratando de contener la angustia que lo empezaba a invadir–. No deberías.

Aquello era lo peor que podía haber dicho.

–No tengo que hacer nada que no quiera. En cuanto tenga a este niño, voy a necesitar ayuda. Si piensas que voy a renunciar a mi trabajo y a mi vida para formar parte de tu mundo solo porque estoy esperando un hijo tuyo, no sabes lo equivocado que estás.

Se dio media vuelta, dispuesta a marcharse.

—¡Casey! —exclamó, y la alcanzó mientras se ponía la camiseta—. Solo pretendo hacer lo que es correcto.

Se asustó al verla llorando.

—¿Es así como van a ser las cosas? Cada vez que estamos juntos, me haces sentir muy bien hasta que lo estropeas todo. Acabas de echarlo a perder, Zeb —dijo pasándose la mano por la cara—. Pasas de ser el hombre ideal a un completo imbécil.

¿De qué demonios estaba hablando?

—Estoy intentando hacer lo correcto. Pensé que una proposición de matrimonio y un compromiso era lo más correcto. Es evidente que no podemos seguir trabajando juntos porque no podemos quitarnos las manos de encima el uno del otro —dijo, y ella se sonrojó—. Así que esta me parece la mejor solución. No quiero criar a un bastardo. Vas a casarte conmigo y criaremos a nuestro hijo juntos, seremos una familia feliz. A menos que no me quieras.

Se quedó mirándolo como si fuera estúpido. Ni siquiera se había puesto el sujetador, que seguía colgando de su mano.

—Te estás esforzando mucho en no parecerte a tu padre, ¿pero esto? ¿Decirme lo que quiero, lo que tengo que hacer sin ni siquiera darme otra opción? Me estás despidiendo. Vas a meterme en esta casa y a hacer que dependa completamente de ti. Vas a esconderme aquí con la intención de cuidar de mí porque así crees que vas a poder calmar tu sentimiento de culpabilidad. Eso es precisamente lo que tu padre habría hecho.

Aquellas palabras le cayeron como un mazazo.

—No estoy intentando ocultar a nadie. ¡No estoy avergonzado de ti! Solo quiero que mi hijo tenga lo que yo no tuve, dos padres cariñosos pendientes de él.

La expresión de Casey se dulcificó un poco, pero seguía enfadada.

—Soy tu maestra cervecera y quizá sea la madre de tu hijo. Me importa este niño y podría sentir algo muy fuerte por ti, pero no si te vas a pasar el resto de nuestras vidas dándome órdenes. La decisión no es tuya solo porque pienses que lo que quieres es lo mismo que lo que yo necesito. Solo te lo voy a decir una vez. Siento que tuvieras una infancia infeliz, pero eso no tiene nada que ver con el hecho de que te criara tu madre —dijo, y se secó una lágrima que le rodaba por la mejilla—. No te comportes como si fueras el único al que ha criado una madre sola, una madre que tenía que trabajar y sacrificarse para salir adelante.

—Nunca he dicho eso.

Recordó que Casey le había contado que su madre había muerto en un accidente de coche cuando apenas tenía dos años.

—¿Ah, no?

Se acercó un poco y por una décima de segundo pensó que todo había quedado olvidado cuando se inclinó para besarle la mejilla. Pero luego se apartó.

—Me importa, Zeb, nunca pienses lo contrario, pero no permitiré que tus miedos gobiernen mi vida.

Lo esquivó y, esta vez, no hizo nada para detenerla. No podía hacerlo. Tenía la desagradable sensación de que tenía razón.

La puerta se cerró después de que se fuera y permaneció inmóvil donde estaba. Distraídamente, bajó la mirada al anillo de diamantes que tenía en la mano. Su padre no se habría comprometido para el resto de su vida con la mujer a la que había dejado embarazada, de eso estaba seguro.

¿Pero de lo demás?

Sabía muy poco y no estaba seguro de querer saber más. No conocía lo qué había pasado entre sus padres. Tampoco estaba seguro de por qué su madre era una mujer tan amargada. ¿Sería porque Hardwick Beaumont la había apartado de su lado? ¿La habría obligado a dejar la compañía, irse de la ciudad y volver a Atlanta?

¿Por qué se estaba preguntando aquello? Hardwick estaba casado con una mujer rica y poderosa, y Zeb era solo cuatro meses más pequeño que Chadwick. Por supuesto que Hardwick habría hecho todo lo posible para ocultar a Emily y Zeb.

Y la madre de Zeb, ¿estaría resentida con él? Era la prueba viviente de su gran error, con los mismos ojos verdes que su padre. Quizá no había sido capaz de querer a Zeb lo suficiente y quizá no fuera culpa suya.

Capítulo Catorce

No podía hacer aquello. En aquel momento, ni siquiera estaba segura de qué debía hacer.

¿Podría estar con Zeb? ¿Podrían mantener una relación? ¿Podría trabajar con él o sería imposible? Si dejaba de trabajar en la cervecera, ¿qué iba a hacer?

Era complicado ser mujer y maestra cervecera. Tampoco abundaban las cerveceras y no sería fácil encontrar otro empleo cerca de su apartamento. Además, estaba embarazada. ¿Cómo iba a encontrar trabajo en otra compañía y pedir la baja por maternidad a los pocos meses?

Toda aquella situación era ridícula y ni siquiera podía pararse a reflexionar tomando una cerveza. Era la gota que colmaba el vaso. ¿Cómo iba a elaborar cerveza sin ni siquiera probarla?

Había una posibilidad. Podía acudir a Chadwick. Estaba segura de que él le daría un puesto en Cervezas Percherón. Sabía de lo que era capaz y la suya era la única cervecera que no la obligaría a cambiar de casa. Además, su hijo sería un Beaumont. Chadwick sería el tío del bebé y era un hombre leal a la familia.

Pero tampoco le parecía correcto acudir a Chadwick. Era una mujer adulta. Se había metido en aquel lío y tenía que arreglárselas sola.

Lo peor era que Zeb tenía razón. Había algo entre ellos. Lo había habido desde el momento en que había entrado en su despacho y había puesto los ojos en él. Había química, una fuerte atracción y el sexo era fantástico.

En vez de volver a su apartamento, Casey decidió dirigirse al pequeño rancho de su padre en Brentwood. Se había criado en aquella pequeña casa que, en otra época, le había parecido una mansión. Nunca había querido vivir en una mansión. No necesitaba rodearse de lujos ni necesitaba un diamante que probablemente costaba el sueldo de todo un año.

En vez de todo aquello, quería lo mismo que había tenido en su infancia. Quería el padre cariñoso que le había enseñado cosas como cambiar una rueda, jugar al béisbol y fabricar cerveza. Quería un padre protector.

No se había criado con los lujos que solo el dinero podía conseguir. Pero había sido feliz. ¿Qué había de malo en querer algo así? ¿Acaso estaba mal desearlo?

No, esa no era la pregunta correcta. La pregunta era: ¿podía exigírselo a Zeb?

Se alegró al ver que había luz en la casa. Había momentos en el que se necesitaba a un padre. Entró con la misma sensación que si fuera una adolescente que volvía tarde a casa.

–¿Papá?

–En la cocina –contestó.

Casey sonrió. Cualquier otro padre que hubiera estado en la cocina, habría estado cocinando, pero Carl Johnson no. Sabía sin haberlo visto todavía que estaría arreglando algo en la mesa de la cocina.

Como era de esperar, tenía una lámpara desmontaba, con cables por todas partes.

La lámpara era toda una obra de arte. Sus prismas de cristal reflectaban la luz, iluminando toda la habitación. Era digna de estar en una mansión como la de Zeb. Allí, en casa de su padre, estaba fuera de lugar. Conocía muy bien aquella sensación.

Le resultaba muy reconfortante volver a sentarse a la mesa a ver a su padre haciendo ajustes aquí y allá.

—¿Qué tal estás, papá?

—Bastante bien. ¿Y tú? —dijo, y al mirarla, se quedó inmóvil—. Cariño, ¿va todo bien?

No, nada iba bien y no sabía qué hacer para arreglarlo.

—Creo que he cometido un error.

Él apoyó una mano en su hombro.

—¿Tienes problemas? Ya sabes que no me gusta que vivas sola en ese apartamento. Aquí hay sitio suficiente para ti.

—No es eso —dijo esbozando una débil sonrisa—. He hecho una estupidez y creo que lo he fastidiado todo.

—¿Tiene que ver con el trabajo? —preguntó, y al ver que no contestaba, insistió—. ¿Tiene algo que ver con tu nuevo jefe?

—Sí. Estoy, eh… Estoy embarazada.

Su padre se puso rígido y le apretó el hombro antes de soltárselo.

—Esos Beaumont… Nunca he confiado en ellos. ¿Estás bien? ¿Te ha hecho daño?

Casey se echó hacia delante, apoyó los codos en la mesa y hundió el rostro entre las manos.

–No, no es eso, papá. Me gusta y yo le gusto a él, pero no estoy segura de que eso sea suficiente –replicó mirando a su padre, que la observaba escéptico–. Me ha pedido que me case con él.

Su padre se enderezó en su asiento.

–¿Qué? Bueno, supongo que es lo correcto. Al menos, es mejor que lo que hubiera hecho su padre –dijo–. ¿Quieres casarte? Porque no tienes por qué hacer algo que no quieras, cariño.

–No sé qué hacer. Al pedírmelo, me ha dejado bien claro que quiere que deje de trabajar y que me quede en casa a cuidar del bebé.

Suspiró. No era solo eso.

No, lo que le molestaba era la insinuación de que ella, Casey Johnson, tal y como era, no era lo suficientemente buena como para ser madre. Tenía que convertirse en otra persona para ser la madre perfecta. ¿Qué sabía ella de la maternidad? Nada, nunca había tenido madre.

–No es eso lo que yo quiero. Me ha costado mucho conseguir mi trabajo, papá. Además, me gusta hacer cerveza. No quiero perderlo todo solo porque he cometido un error. Pero si no me caso con él, ¿cómo voy a seguir trabajando en la cervecera? –dijo, y al ver que su padre iba a decir algo, se lo impidió–. Y no, no creo que pedirle trabajo a Chadwick sea la mejor solución. No quiero estar en medio del tira y afloja de los Beaumont.

Permanecieron en silencio unos segundos mientras su padre cortaba unos trozos de cable. Luego, se puso a pelarlos.

—Este tipo…

—Se llama Zeb Richards.

—Este Zeb es uno de los hijos ilegítimos, ¿verdad? –preguntó, y Casey asintió–. ¿Y te ha ofrecido casarte con él para que su hijo no sea un bastardo como él?

—Así es. Pero no quiero que esa sea la única razón para casarnos. Soy consciente de que quiere hacer lo adecuado, pero si voy a casarme, me gustaría que fuera por amor.

Su padre asintió y continuó pelando un cable.

—Cuánto me gustaría que tu madre estuviera aquí. No sé qué decirte, cariño. Tu madre y yo nos casamos porque tuvimos que hacerlo.

—¿Cómo?

Casey se enderezó en su asiento y se quedó mirando fijamente a su padre, que se había sonrojado.

—No te lo había contado porque nunca había encontrado el momento para hacerlo. Llevábamos saliendo una temporada cuando se quedó embarazada y le pedí que se casara conmigo. No lo había hecho antes porque no estaba seguro de que quisiera sentar la cabeza, pero contigo en camino, tuve que madurar.

—No tenía ni idea, papá.

—No quería que pensaras que habías sido un error, cariño, porque eres lo mejor que me ha pasado –dijo con los ojos brillantes, y tuvo que carraspear varias veces antes de continuar–. Aquel primer año fue difícil. Tuvimos que aprender a vivir juntos, pero en cuanto naciste, todo encajó. Y cuando ocurrió el accidente… –dijo, y se estremeció–. Te estoy contando esto porque, a veces, el amor surge después. Si os lleváis bien y ambos queréis a ese niño, quizá deberías planteártelo –añadió en tono serio y, tras dejar los alicates, puso una mano sobre la de su hija–. Lo más importante es que habléis.

Se sintió fatal porque no habían hablado demasiado. Había ido esa noche a su casa precisamente para eso, para hablar, y habían acabado yéndose a la cama.

La única vez en que habían tenido una conversación había sido durante el partido de béisbol. Se había sentido tan a gusto con él como para invitarlo a su casa. Quizá lo suyo pudiera funcionar.

A pesar de lo que había dicho Zeb, no tenían por qué casarse. Los tiempos habían cambiado y tampoco era que su padre, escopeta en mano, los obligara a pasar por el altar.

No se oponía a casarse, no tenía nada en contra del matrimonio. Era solo que no quería un matrimonio en el que él pusiera las condiciones.

Era una mujer de treinta y pocos años que se había quedado embarazada inesperadamente. También era una forofa de los deportes. Era capaz de cambiar la instalación eléctrica de una casa. Sabía hacer cerveza y cambiar el aceite del coche.

Nunca sería la madre perfecta, preparando galletas y organizando comidas con otras madres. Ella no era así.

Si Zeb quería casarse con ella y formar una familia, no solo iba a tener que aceptar que hiciera las cosas a su manera, sino que iba a tener que apoyarla.

Eso no significaba apartarla del trabajo con la

excusa de cuidar de ella, sino de ayudarla a encontrar la manera se seguir trabajando en lo que le gustaba a la vez que criaba feliz a su hijo.

Quería todo eso. Era todo o nada.

Pero los hombres, ni siquiera uno tan poderoso como Zebadiah Richards, eran adivinos. Lo sabía bien.

Tenía que decirle lo que quería, sin meterse en la cama con él ni provocar una situación incómoda.

–Lo siento mucho, cariño –continuó su padre–. Me encantaría ser abuelo, pero siento que estés en una situación tan delicada. Ya sabes que, decidas lo que decidas, cuentas con todo mi apoyo.

Casey apoyó la cabeza en el hombro de su padre y se fundieron en un abrazo.

–Lo sé, papá. Te lo agradezco.

–A ver, mañana es viernes, ¿verdad? –dijo su padre, irguiéndose–. Hay partido de los Rockies a las tres. ¿Por qué no haces novillos mañana? Quédate aquí a pasar la noche y pasaremos el día juntos.

Aquella no era forma de solucionar nada. Sabía que antes o después iba a tener que sentarse con Zeb y hablar de lo que iban a hacer.

Pero podía esperar a la semana siguiente. Entonces, volvería a ser una mujer adulta y se enfrentaría a aquel embarazo inesperado con madurez y sabiduría.

De momento, necesitaba dejarse mimar.

A veces, los padres sabían lo que era mejor para los hijos.

Capítulo Quince

—¿Dónde está?

Conocía a aquel hombre de mediana edad y prominente barriga. Sabía que se lo habían presentado pero no recordaba su nombre. ¿Larry, Lance? Bueno, daba igual. Lo que importaba era encontrar a Casey.

—No está aquí —respondió el hombre.

Por suerte, siendo Casey una de las dos mujeres que trabajaban en la fábrica, todo el mundo la conocía.

—Sí, ya lo veo. Lo que quiero saber es dónde está —replicó tajante, haciendo palidecer a su interlocutor.

No era justo ir aterrorizando a los empleados de aquella manera, pero necesitaba hablar con Casey. La noche anterior se había ido bruscamente y, para cuando se había vestido, ella ya había desaparecido. No había acudido a su apartamento. El guarda de seguridad le dijo que no la había visto. Desesperado, Zeb incluso se había dirigido a la cervecera por si había decidido ir a comprobar el estado de las cervezas que estaba fermentando. Pero tampoco la había encontrado y la gente del turno de noche le había asegurado que no la había visto.

Esa mañana, no había luz en su despacho. No

sabía dónde estaba y la preocupación estaba dando paso al pánico. A su vez, estaba asustando a su empleado.

—¿Y bien?

—Llamó para decir que hoy no vendría.

Zeb respiró hondo y trató de mantener la calma.

—¿Tiene idea de dónde puedo encontrarla?

No debía parecer muy tranquilo porque el empleado reculó otro paso.

—A veces se toma la tarde libre para ir a algún partido, con su padre. Pero no va a despedirla por eso, ¿verdad? —dijo el hombre, y se puso muy serio—. Creo que no debería hacerlo.

Claro, el partido, ¿por qué no se le había ocurrido antes? Tenía abonos de temporada, así que iría a verlo. Sintió tanto alivio que casi se le doblaron las rodillas.

—No, no voy a despedirla —le aseguró—. Gracias por la ayuda. Y siga trabajando tan bien.

De vuelta a su despacho, averiguó que el partido era a las tres. Así que no se había tomado la tarde libre, sino el día completo. ¿Tanto la habían enfurecido que no quería verlo? No era propio de ella evitar una confrontación.

Vaya desastre. La proposición de matrimonio que le había hecho el día anterior no había sido muy afortunada, claro que no tenía experiencia y se había quedado aturdido después de un encuentro sexual tan maravilloso.

Pero estaba decidido a hacer algo para conseguir su objetivo. No podía alejarse de ella. Ni siquiera había podido hacerlo antes de saber que estaba embarazada. Había algo en ella que no podía ignorar. Sí, era guapa y sí, lo desafiaba. Pero había algo más.

Llevaba toda la vida intentando demostrar que era alguien importante a pesar de sus orígenes humildes o del color de su piel, que era un Beaumont y que se le daban bien los negocios.

Y, a pesar de todo lo que Casey le había dicho, nunca le había pedido que fuera diferente. Lo aceptaba tal cual era, incluso cuando decía algo inadecuado en el momento más inoportuno.

Le había prometido cuidar de ella y eso era lo que iba a hacer.

Pero esta vez iba a preguntarle cómo quería que cuidara de ella. Debía de haberse dado cuenta antes de que decirle lo que tenía que hacer no era una buena idea.

Los asientos detrás de los de ella seguían disponibles, así que los compró.

Iba a hacer algo que no había hecho nunca: iba a tomarse la tarde libre.

—¿Quieres que te traiga más nachos, cariño? —le preguntó su padre por tercera vez en un rato.

Casey bajó la vista al recipiente de aperitivos cubiertos de queso que tenía en la mano. A pesar de que estaba embarazada de muy pocas semanas, ya empezaba a sentir el estómago revuelto.

—No, gracias.

Miró a su padre. Estaba tan nervioso que necesitaba hacer algo.

—Pero me vendría bien otro refresco.

Lo único que parecía calmar sus náuseas eran los refrescos.

–Enseguida vuelvo –dijo su padre con una sonrisa de alivio, como si sus problemas pudieran resolverse con comida.

«Hombres», pensó Casey, y sonrió después de que se fuera.

No tenía ni idea de cómo arreglar las cosas. Faltar al trabajo no era propio de una persona adulta. Tan solo servía para retrasar la inevitable conversación que, antes o después, debería tener con Zeb.

La noche anterior, había habido un momento antes del beso en que le había dicho que iba a cuidar de ella. Eso era lo que había querido. Precisamente, esa era la razón por la que había ido a casa de su padre después de marcharse a toda prisa de la de Zeb, porque necesitaba que alguien cuidara de ella

Pero no era justa aquella comparación. Su padre la conocía de siempre y sabía mejor que nadie lo que quería. No podía esperar que Zeb lo adivinara, aunque hubiera estado a punto de hacerlo. Deseaba con todas sus fuerzas que cuidara de ella.

Pero por otro lado, no quería renunciar a su trabajo y quedarse en casa. ¿Y si Zeb no se daba cuenta? Era un exitoso hombre de negocios que no aceptaba un no por respuesta. ¿Y si no lograba convencerlo de que sería mejor madre si seguía trabajando y haciendo lo que más le gustaba?

Estaba atenta a la jugada cuando sintió que alguien tomaba asiento detrás de ella. Instintivamente, se echó hacia delante para evitar que le dieran un golpe en la espalda. De repente, se sorprendió al oír una voz cerca de su oído.

–Hace una tarde muy agradable para un partido de béisbol, ¿verdad?

Era Zeb. Habría reconocido aquella voz profunda y formal, con una nota divertida, en cualquier parte.

–Tanto como para faltar al trabajo –añadió al ver que no contestaba.

Le estaba tomando el pelo. Se acomodó en su asiento, pero no se volvió para mirarlo. No quería comprobar si iba en traje o en camiseta, así que mantuvo la vista fija en el juego.

–¿Cómo me has encontrado?

–Le pregunté a Larry, aunque debería haberlo adivinado. No estabas en tu apartamento ni tampoco en el trabajo.

–Me fui a casa, me refiero a la casa de mi padre.

–Te hice enfadar y no era mi intención –dijo, y Casey sintió su aliento en la nuca–. No debería haber asumido que querrías quedarte en casa. Te conozco y sé que eres lo suficientemente ambiciosa como para renunciar a todo por lo que has luchado por algo como esto.

Entonces, ella se volvió y se sorprendió al verlo vestido de morado. Llevaba la camiseta y la gorra de los Rockies.

–Hoy sí pasas desapercibido –dijo ella sorprendida–. Pensé que no sabías cómo conseguirlo.

–Puedo aprender. He decidido prestar más atención cuando escucho.

Sus labios se curvaron en una tímida sonrisa y Casey se estremeció.

—¿De veras?

—Sí, de veras. Tengo que decirte que esta mañana estaba desesperado al ver que no habías ido a
trabajar. Tenía miedo de que me hubieras dejado
plantado y entonces, ¿qué sería de mí?

—Ese es el problema, ¿no te das cuenta? ¿Cómo
voy a hacer mi trabajo? ¿Cómo voy a trabajar preparando cerveza si no puedo probarla?

Zeb se acomodó en su asiento, sin borrar aquella medio sonrisa de sus labios. Una de las cosas
que he aprendido en el poco tiempo que llevo
como presidente de la cervecera Beaumont es que
mis empleados no beben en horas de trabajo, un
hecho que agradezco. También me he dado cuenta de que tengo unos empleados muy competentes
que se implican en la cervecera.

Casey se quedó mirándolo, confundida.

—¿Qué quieres decir?

Zeb se encogió de hombros.

—Me crie en una peluquería, escuchando a
mujeres hablar de sus embarazos y de sus hijos.
Es evidente que tendremos que consultar con un
médico, pero no creo que dar un sorbo de vez en
cuando vaya a hacerte daño. No quiero que eso sea
la razón por la que creas que tienes que dejar este
trabajo que tanto amas.

Casey estaba empezando a sentir un calambre
al final de la espalda.

—¿Por qué has venido?

De nuevo, estaba siendo muy correcto y, cuando era correcto, era irresistible.

—Estoy aquí por ti, Casey. Anoche metí la pata,
no te pregunté qué querías. Así que eso es lo que

voy a hacer ahora, preguntarte qué es lo que quieres hacer.

Se quedó mirándolo boquiabierta. Aquel era el momento. Si no le decía lo que quería en aquel momento, quizá no volviera a tener la oportunidad.

—Siéntate aquí conmigo —dijo ella.

Zeb pasó una pierna por encima del respaldo del asiento de su padre y luego la otra.

Por unos instantes, Casey permaneció en silencio observando al bateador. Zeb tampoco dijo nada, simplemente esperó a que fuera ella la que hablara primero.

—Muy bien —dijo ella reuniendo fuerzas.

¿Por qué era capaz de defender la cerveza y a sus empleados pero le costaba pedir algo para ella? Tenía que echarle valor y hacerlo.

—Me cuesta pedir lo que quiero —admitió.

No era una declaración muy afortunada, pero era sincera.

—¿Tú? ¿No fuiste tú la que el primer día se coló en mi despacho para echarme la bronca?

—Es diferente. Estaba defendiendo mi trabajo y mi equipo. Pero sentarme aquí y decirte lo que quiero, no me resulta fácil, así que no te rías de mí.

—Siempre te escucharé, Casey, quiero que lo sepas.

Empezó a sentir que las mejillas le ardían y el vello de la nuca se le erizó, pero no estaba dispuesta a desviarse del tema por muy incómoda que le resultara la situación.

—La otra vez, cuando vinimos juntos al partido,

quise que me dijeras que te parecía guapa, sensual y maravillosa. Pero me sentí estúpida y no lo hice, y luego, después de… –dijo y carraspeó, deseando no haberse puesto roja como un tomate–. Bueno, lo que me dijiste no me hizo sentir muy agraciada, así que no quise escuchar más.

Esta vez, fue él el que se quedó mirándola boquiabierto y con lo ojos como platos. No daba crédito.

–Pero ¿tienes idea de lo atractiva que me resultas y de lo magnífica que eres?

Iba a morirse de vergüenza.

–No es eso, bueno, tal vez sí. Es que siempre me han gustado cosas más propias de los hombres, y cuando estuvimos juntos en la cocina fue maravilloso –añadió rápidamente al ver que arqueaba una ceja–. Pero no quiero que sea eso lo único que tengamos. Si vamos a tener una relación, necesito que haya romanticismo. La mayoría de la gente piensa que no soy romántica porque me gustan los partidos de béisbol y la cerveza.

Todavía no se había muerto de la vergüenza, lo cual tenía que significar algo.

–Romanticismo, ¿eh? –dijo Zeb.

No parecía estar burlándose de ella. Más bien, parecía estar reflexionando.

Un rayo de esperanza se abría paso en medio del bochorno que sentía.

–Sí.

Entonces, la rozó, cubriéndole la mano con la suya, y sintió una corriente. Siempre había habido una fuerte energía entre ellos.

–Tomo nota. ¿Qué más? Porque estoy dispuesto

a hacer todo lo que esté en mi mano para darte lo que quieres y lo que necesitas.

Por un momento, a punto estuvo de perderse en su mirada. Aquellos ojos verdes la habían hechizado desde el primer instante y se negaban a abandonarla.

—No quiero renunciar a mi trabajo y tener que buscarme otro. Me he esforzado mucho por conseguirlo y me encanta. Me gusta todo lo relacionado con la elaboración de la cerveza y disfruto trabajando en la fábrica. Incluso me cae bien el nuevo presidente, a pesar de que a veces me mande señales contradictorias.

Al oír aquello, Zeb soltó una carcajada.

—¿Puedes guardar un secreto?

—Depende de cuál sea el secreto.

—Antes de conocerte, creo que lo único que hacía era trabajar. Siempre había visto a mi madre trabajando y estaba convencido de que era la manera de demostrar mi valía al mundo y, en especial, a mi padre. He estado tan pendiente de los negocios y llevaba tanto tiempo tratando de superar a los Beaumont que me había olvidado de ser yo mismo. Entonces te conocí. Cuando estoy contigo, no tengo que pretender ser alguien que no soy. No tengo por qué estar continuamente demostrando mi valía. Puedo ser yo mismo —dijo, y la miró con tristeza—. Me resulta difícil obviar que soy un empresario, pero a tu lado deseo otras cosas.

—Oh, Zeb, hay más mundo aparte de esta cervecera.

Él le tomó el rostro entre las manos.

—Lo mismo te digo, para mí, eres mucho más

que una maestra cervecera. Eres una mujer guapa y apasionada que se ha ganado primero mi respeto y después mi amor.

Unas lágrimas asomaron a los ojos de Casey. Vaya con las hormonas.

–Oh, Zeb.

–Hay algo entre nosotros y no quiero estropearlo más de lo que ya lo he hecho –añadió él.

Parecía avergonzado.

–¿Qué quieres tú? –preguntó Casey.

Le parecía justo preguntárselo.

–Quiero conocer a mi hijo, ser parte de su vida. No quiero que mi hijo crezca siendo un bastardo.

Se quedó callado y Casey se sintió algo decepcionada, aunque no le parecía mal aquel sentimiento tan noble.

Pero, ¿era suficiente? Quería que la deseara no solo porque estuviera embarazada, sino porque… Bueno, simplemente por ser ella.

Pero antes de que pudiera abrir la boca para decir aquello, Zeb continuó.

–Eso no es todo.

–¿Ah, no?

Su voz surgió con un ligero temblor.

Él se inclinó hacia ella.

–No. Quiero estar con alguien a quien respete y que me baje los humos cuando se me olvide que soy algo más que el jefe. Quiero estar con alguien que despierte algo en mí y con quien desee encontrarme cada noche cuando vuelva a casa. Quiero estar con alguien que esté tan volcado en su trabajo como yo lo estoy con el mío, pero que también sepa cómo cortar y relajarse. Quiero estar con alguien que entienda las diferentes familias de las que formo parte.

Sus labios apenas estaban a unos centímetros de los suyos. Podía sentir su calor y deseaba más que nada fundirse en sus brazos.

—Pero lo que más deseo es estar con alguien que pueda decirme lo que quiere, lo que necesita y cuándo lo necesita. Así que dime, Casey, ¿qué es lo que quieres?

Aquello estaba ocurriendo de verdad.

—Quiero saber que te preocupas, que estás dispuesto a luchar por mí y por el bebé, y también por nosotros. Que nos protegerás y nos apoyarás aunque hagamos cosas que otra gente piense que no deberíamos hacer.

Aquella sonrisa en sus labios era demasiado. Ya no podía seguir resistiéndose y estaba cansada de hacerlo.

—¿Como ser la maestra cervecera más joven del país?

Era evidente que la comprendía muy bien.

—Por ejemplo. Si vamos a hacer esto juntos, quiero que lo hagamos bien —respondió ella—. Pero quisiera que encontráramos un punto intermedio. No sé si quiero vivir en una casa grande, pero tampoco quiero que vivamos en mi diminuto apartamento.

La mirada de Zeb se enterneció.

—Tendremos que hablarlo.

—Eso es lo que quiero, saber que puedo hablar contigo y que me escucharás. Quiero tener la certeza de que todo va a salir bien.

Él se apartó un poco.

—No puedo asegurarte nada, Casey, pero te prometo que os querré a ti y al bebé por encima de todas las cosas.

Amor. Eso era lo que había entre ellos y ninguno de los dos estaba dispuesto a dejarlo pasar.

—Eso es lo que deseo —dijo recostándose en él y colocando una mano en su nuca para atraerlo—. Yo también te quiero. Eso es todo.

—Entonces, soy todo tuyo. Lo único que tienes que hacer es pedirlo —añadió, esbozando una sonrisa traviesa—. No soy un adivino, ¿sabes?

Casey no pudo evitar sonreír.

—¿Acaso acaba de admitir el todo poderoso Zebadiah Richards que hay algo que no sabe hacer?

—Calla, no se lo digas a nadie. Es un secreto —dijo él bromeando—. Estoy dispuesto a darte todo, Casey. Dirigiremos juntos la cervecera y criaremos a nuestro hijo. Lo haremos a nuestra manera.

—Sí, te quiero.

Justo cuando sus labios rozaron los suyos, oyó que alguien carraspeaba.

Con tanta charla, se había olvidado de que su padre se había ido a buscarle un refresco. Dio un respingo en su asiento, pero Zeb no se apartó. En vez de eso, la rodeó por los hombros.

—¿Va todo bien? —preguntó su padre mirándolos con recelo—. ¿Quieres que me deshaga de él, cariño?

Casey miró a su padre mientras se fundía en un abrazo con Zeb y sonreía.

—No —respondió convencida—. Quiero que se quede conmigo.

Había conseguido lo que tanto deseaba: una familia, un trabajo y tener a Zeb a su lado. Por fin era completamente suyo.

Lo único que había tenido que hacer era pedírselo.

No te pierdas, *Un pasado por descubrir,*
de Sarah M. Anderson,
el próximo libro de la serie
Los herederos Beaumont.
Aquí tienes un adelanto…

Una vieja campanilla tintineó cuando Natalie Baker abrió la puerta de la tienda de piensos y suministros de Firestone. Al ver la porquería que caía, confió en que no le manchara la falda. Excepto por las ramas de pino y acebo que colgaban en las ventanas, la tienda parecía una extensión de pastizal. Estaba muy lejos del centro de Dénver.

—¿Necesita ayuda? —preguntó un hombre con tirantes encima de una camisa de franela desde el otro lado del mostrador.

Sus ojos se abrieron como platos al fijarse en sus tacones de doce centímetros y en sus piernas. Cuando acabó de recorrer su impecable atuendo con la mirada, también se le había abierto la boca. Lo único que le faltaba era una paja de hierba entre los labios.

—Hola —dijo Natalie con su mejor voz televisiva—. Sí, me vendría bien un poco de ayuda.

—¿Se ha perdido?

Al ver que la miraba de nuevo, no pudo evitar preguntarse si aquel hombre habría visto antes a una mujer con tacones. Si por ella fuera, no estaría allí.

—Parece que se ha perdido. Le diré cómo volver a Dénver. Gire a la izquierda al salir del aparcamiento y…

Lo miró por encima de las pestañas, fingiendo recato. Él levantó las cejas. Estupendo, era un hombre maleable.

–Lo cierto es que estoy buscando a alguien. A lo mejor lo conoce.

El viejo sacó pecho, orgulloso. Aquello era perfecto.

Estaba buscando a alguien, eso era cierto. Sabía que Isabel Santino se había casado con un ranchero de la zona llamado Patrick Wesley en la pequeña ciudad ganadera de Firestone, en el estado de Colorado. Después de meses de búsqueda, había dado con el certificado de matrimonio en el Registro Civil del condado.

Ese era el tiempo que hacía que los bastardos Beaumont se habían dado a conocer en público, allá por el mes de septiembre. Zeb Richards era el mayor de los hijos ilegítimos de Hardwick Beaumont. Según los rumores, a través de acuerdos turbios que bordeaban la legalidad y la ética, se había hecho con el control de la cervecera Beaumont. Cuando Richards había dado a conocer la operación en una rueda de prensa, lo había hecho teniendo a su lado a otro de los hijos bastardos de Hardwick, Daniel Lee. Los dos hermanos dirigían en la actualidad la cervecera y, de acuerdo al último informe trimestral, su cuota de mercado había aumentado en un dieciocho por ciento.

Pero había más. En aquella rueda de prensa, después de que Natalie le dedicara su mejor sonrisa, Richards había cometido el error de admitir que había un tercer bastardo. No había conseguido sacarle más información, pero con eso había sido suficiente.

Bianca

La deseaba como nunca había deseado a una mujer

El banquero italiano Vito Zaffari se había alejado de Florencia durante las navidades, esperando que la prensa se olvidase de un escándalo que podría hundir su reputación. Para ello, había ido a una casita en medio del nevado campo inglés, decidido a alejarse del mundo durante unos días. Hasta que un bombón vestido de Santa Claus irrumpió estrepitosamente allí.

La inocente Holly Cleaver provocó una inmediata reacción en el serio banquero y Vito decidió seducirla. Al día siguiente, cuando ella se marchó sin decirle adiós, pensó que sería fácil olvidarla… hasta que descubrió que una única noche de pasión había tenido una consecuencia inesperada.

HIJO DE LA NIEVE

LYNNE GRAHAM

Acepte 2 de nuestras mejores novelas de amor GRATIS

¡Y reciba un regalo sorpresa!

Oferta especial de tiempo limitado

Rellene el cupón y envíelo a
Harlequin Reader Service®
3010 Walden Ave.
P.O. Box 1867
Buffalo, N.Y. 14240-1867

¡Si! Por favor, envíenme 2 novelas de amor de Harlequin (1 Bianca® y 1 Deseo®) gratis, más el regalo sorpresa. Luego remítanme 4 novelas nuevas todos los meses, las cuales recibiré mucho antes de que aparezcan en librerías, y factúrenme al bajo precio de $3,24 cada una, más $0,25 por envío e impuesto de ventas, si corresponde*. Este es el precio total, y es un ahorro de casi el 20% sobre el precio de portada. !Una oferta excelente! Entiendo que el hecho de aceptar estos libros y el regalo no me obliga en forma alguna a la compra de libros adicionales. Y también que puedo devolver cualquier envío y cancelar en cualquier momento. Aún si decido no comprar ningún otro libro de Harlequin, los 2 libros gratis y el regalo sorpresa son míos para siempre.

416 LBN DU7N

Nombre y apellido	(Por favor, letra de molde)
Dirección	Apartamento No.
Ciudad	Estado Zona postal

Esta oferta se limita a un pedido por hogar y no está disponible para los subscriptores actuales de Deseo® y Bianca®.
*Los términos y precios quedan sujetos a cambios sin aviso previo.
Impuestos de ventas aplican en N.Y.

SPN-03   ©2003 Harlequin Enterprises Limited

Bianca

Venganza… ¡por seducción!

La última persona a la que Calista esperaba ver en el funeral de su padre era al arrogante multimillonario Lukas Kalanos. Cinco años antes, después de haber perdido su inocencia con él, Lukas había traicionado a su familia y había desaparecido, dejando a Callie con algo más que el corazón roto.

Lukas quería vengarse de la familia Gianopoulous por haber hecho que lo metiesen en la cárcel, y para ello había decidido seducir a Callie. Esta pagaría por los graves perjuicios del pasado, y pagaría… ¡entre sus sábanas! Pero el descubrimiento de que Callie tenía una hija, una hija que también era suya, fue una sorpresa que iba a cambiar sus planes de venganza. ¡Calista tenía que ser suya!

HARLEQUIN *Bianca*

DULCE VENGANZA GRIEGA

ANDIE BROCK

DULCE VENGANZA GRIEGA

ANDIE BROCK

Deseo

Boda por contrato
Yvonne Lindsay

El rey Rocco, acostumbrado a conseguir lo que quería, se había encaprichado de Ottavia Romolo. Pero si quería sus servicios, ella le exigía firmar un contrato. Los términos eran tan abusivos que, si se hubiera tratado de otra mujer, Rocco se habría negado a sus disparatadas exigencias, pero la deseaba demasiado. Pronto comprendería que podría serle de gran utilidad, y no solo en la alcoba. La aparición de un supuesto hermanastro que reclamaba el trono lo tenía en la cuerda floja y, por una antigua ley, para no perder la Corona tenía que casarse y engendrar un heredero.

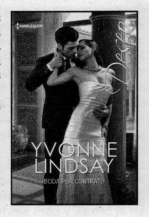

86.00
32.00
128 00

*¿Sería una locura ampliar el contrato con Ottavia
y convertirla en su reina?*

11800

¡YA EN TU PUNTO DE VENTA!